海神《わだつみ》の娘

白川紺子

講談社
タイガ

イラスト——丑山 雨

デザイン——長崎 綾（next door design）

目次

世界図

卡卡密《カカミ》
（伊喀菲《イカヒ》島）
楽宮《ささらのみや》
海隅蜃楼《かいぐうしんろう》
阿開《アケ》
沙文《しゃもん》
花陀《かだ》
雨果《うか》
回廊星河

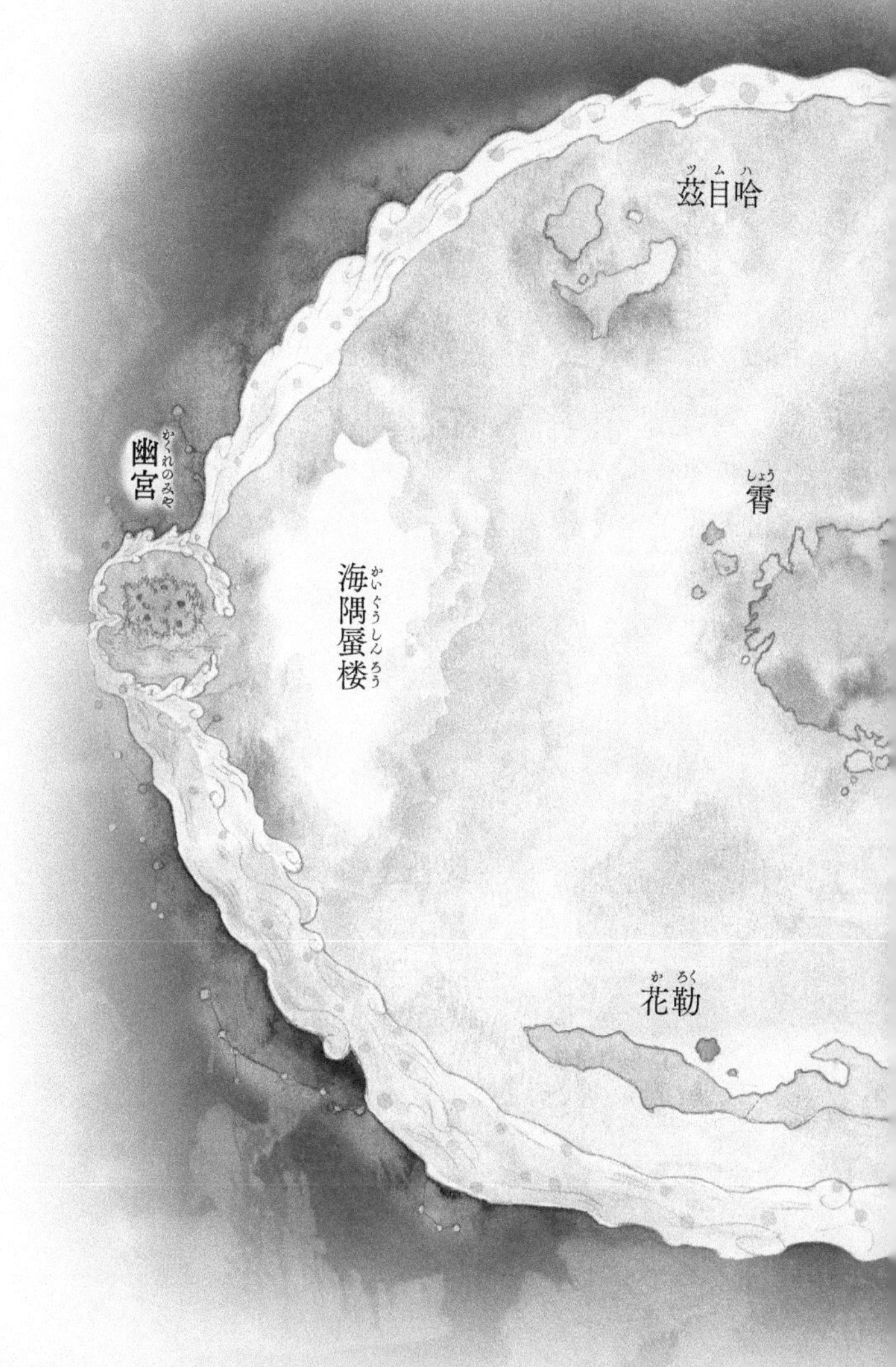

茲目哈《ツムハ》
幽宮《かくれのみや》
霄《しょう》
海隅蜃楼《かいぐうしんろう》
花勒《かろく》

海神《わだつみ》の娘

黥面《げいめん》の妃《きさき》

その島々は、西から東へ、ちぎれた帯のように点在している。

細長く横たわる島もあれば、お椀《わん》を伏せたようなこんもりとした島もあり、肥沃《ひよく》な平野に恵まれた島もあれば、険《けわ》しい山がひとの訪れを拒《こば》む無人島もある。名もなき小さな島も合わせれば島の数は四千を超えるとも言われるが、はっきりとした数はわからない。

島々は、海神《わだつみ》たる蛇神の抜け殻からできた、という。

だから、島々は海神のものである。

海神の声を聞くのはただひとり、巫女《みこ》王だけだった。巫女王は離れ小島に住まい、表には現れず、巫女たちにかしずかれて暮らす。

巫女たちは皆、海神によって選ばれた、島々の女である。

彼女たちは、『海神の娘』と呼ばれた。

『海神の娘』は、託宣《たくせん》によって島々の領主のもとへと嫁《とつ》いだ。彼女たちを娶《めと》ることで、島は海神の加護を得て、繁栄するのだという。

今宵《こよい》もまた、ひとりの巫女が舟に乗せられ、月明かりの下、島影に近づいてゆく。

婚儀は夜に行われる。

岩場には目印の篝火《かがりび》が焚《た》かれて、暗い海を浮かびあがらせている。薪のはぜる音と、波の音だけが夜のしじまに響いていた。岩場にいるのは花勒《かろく》――島々のなかでもとりわけ大きな領である――の若き領主である啓《けい》と、史《し》と呼ばれる祭祀官《さいし》のみである。どちらも退屈紛《まぎ》れに会話を交《か》わすでもなく、ただじっと海上を眺《なが》めている。

一艘《そう》の小舟がゆっくりと波を切り、岩場に近づいてきていた。舟は月明かりにほの白く照らされている。水手《かこ》の櫓《ろ》を漕《こ》ぐ音が近づくにつれて、舟の前方に座した何者かの姿も見えてくる。顔も背格好もわからない。美しい青に染めた麻の薄衣《うすぎぬ》を、頭から被《かぶ》っているからだ。その青も夜闇《やみ》のなかでは鈍《にぶ》い藍色《あいいろ》に映る。海とおなじ色をしていた。

水手が櫓を漕ぐのをやめて、浅瀬に降りる。啓のいる岩場まで舟を押してくると、杭《くい》に縄をからげて繋留《けいりゅう》する。薄衣を被った相手は静かに立ちあがり、長い袖《そで》に包まれたままの手を伸ばした。啓はその手をつかんで、岩場に引きあげる。手はやわらかく、体は軽い。藍の衣で隠していても、女だとわかる。ほのかに香草のにおいがただよった。蘭《ふじばかま》の香りだった。

誰も、ひとことも声を発しない。それが『海神の娘』を娶るさいの決まりだった。被った衣を外して顔を見てもいけない。なぜならこのとき、娘は海神をつれてきているからだ。

啓は無言で娘を抱《かか》えあげ、岩場から城へと引き返す。岩場のある岬は城の裏側にあり、ここは『海神の娘』を迎え入れるときにしか使われない禁足地だった。波に浸食された岩場を、篝火があるとはいえ、夜の暗がりのなか歩くのは容易ではなかった。それも、娘ひとりを抱えたうえである。抱えた体にはぬくもりとやわらかさがあり、たしかに人、それも娘だと示していたが、声も発せず、顔は衣で覆《おお》われて見えず、啓は人ではないなにかを抱えているような不気味さを覚えていた。一緒に海神をつれてきているのだという言い伝えのせいかもしれない。蘭の香りが強く立ちのぼり、暗闇のなか、まるで夜そのものを抱きかかえているようだと思った。

寝所に着けば、ようやく言葉も交わせるし、被った衣も外せる。啓は娘を寝台に降ろし、衣をめくりあげた。露《あら》わになった面《おもて》に、啓の手がとまる。美しい娘だった。年のころは十六、七か、蠟燭《ろうそく》のほのかな明かりでも、その肌がなめらかに輝くのがわかる。長い睫《まつ》毛《げ》に縁取られた瞳《ひとみ》はよく磨《みが》かれた黒玉《こくぎょく》のようであったし、鼻筋の通った、白皙《はくせき》の美貌《びぼう》の持ち主だった。だが、啓が驚いたのはその美しさにではない。左の頰《ほお》に、黥《いれずみ》があったからだ。

向かい合う三角形を、縦にして、三つ並べた形をした黥だ。鱶《ふか》の牙《きば》を表している。顔に牙の黥、これは罪人のしるしだった。

かつて成人を迎えた人々は、皆、その体に文身《いれずみ》を施した。土地や一族によって入れる部位、文様は異なるものの、これは海神の僕《しもべ》であることを示し、海での災厄を避けるための風習だった。いま、花勒など異国との交流が盛《さか》んな領ではその風習は廃《すた》れつつあり、とくに領主や卿《けい》など身分ある者で入れる者はほとんどいない。そのうえ、昔でも、ほかの領でも、顔への文身は忌《い》み嫌《きら》われた。海神がそれを厭《いと》うからだという。顔への文身を、ほかの文身とは区別して、黥《げい》と呼んだ。黥した顔を、黥面という。黥面であるのは、罪人だけである。黥を彫り込まれた罪人は、官の奴婢《ぬひ》となるか、私人の奴婢として売り払われるかのどちらかだった。領主の屋敷《やしき》でも、そうした奴婢が仕えている。

手をとめたまま動かない啓に、娘は自ら衣を頭から取りのけ、床へ落とした。結い上げた髻《たぶさ》には蘭が挿してあり、耳墜《じつい》が耳の下で揺れている。淡い水色がかった乳白色の、玉《ぎょく》とも水晶ともつかぬ不思議な丸い珠《たま》を連ねた耳飾りだった。それが揺れると、かすかに珠のこすれる音がして、蠟燭の火にちらちらときらめいた。

「黥面は、めずらしいですか」

露を含んだようにしっとりとした、玲瓏《れいろう》な声だった。灯火を映した瞳が啓を見据えている。

「……いや……」

啓はゆるく首をふった。娘のまなざしは強く、縫い止められたように体がこわばる。これも海神の力なのだろうか、と啓は思った。

「めずらしくはない。この城にもいる」

「そうですか」

沈黙が落ちる。もとより、無駄話をするときではない。黥面であろうと罪人であろうと、『海神の娘』であるからには——託宣で啓の妻にと決められた『海神の娘』であるからには、娶らぬわけにはいかない。託宣に逆《さか》らうことは許されない。

「そなたの名は？」

名を問うのは、婚儀の一環だった。娘は目をしばたたくと、視線を膝《ひざ》のあたりに落とした。

「親のつけた名は覚えておりません。海神の島では『藍《らん》』だとか『黥《げい》』だとか呼ばれておりました」

啓は眉《まゆ》をひそめた。——藍はともかく、黥とは。

「では、藍と呼ぶか」

「お好きにどうぞ」

平板な声音に、どうやら藍という名も気に入っておらぬらしい、と啓は読みとる。

「藍という名の由来は？」

娘は長い袖をたくしあげ、手を露わにした。白い手だ。だが、細い指先は爪《つめ》まで藍色に染まっていた。

「島では藍の染人《せんじん》でしたので」

「そんなことまで巫女がやるのか」

「巫女は麻を績《う》んで衣を織ります。藍染めは婢《はしため》の仕事です。わたしはこのとおり、婢となじですので」

「そなたは巫女であろう」

「そうです」

啓はむっつりと押し黙る。海神の島での娘の扱われようがよくわかる。とくべつな巫女たちの島だから、巷間《こうかん》とは隔《へだ》たった暮らしを送っているのだろうと思っていたが、そうでもないらしい。海神の島は巫女王の管下にあり、どんな秩序があり、どんな娘たちがどう暮らしているのかは神秘の帳《とばり》に隠されている。

巫女王は島々を束《たば》ねる絶対の祭祀王である。島々の政《まつりごと》に口は出さないが、島々の領主を決めるのは巫女王の託宣だった。正確に言うなら、巫女王の口を通して伝えられる、海神の意思である。島々は海神のものだった。

「……では、名を考えよう」

啓はそう言って、娘の顔を眺めた。どんな名がいいだろう。玉のように美しい娘だから、瓊《けい》、璇《せん》、瑶《よう》、瑛《えい》……美しい名前はいくらでもある。だが、いずれもこの娘には似つかわしくないように思えた。もっと気高く、匂《にお》い立つような名がふさわしい。なぜそう思ったのか──啓は娘の髻に手を伸ばした。挿頭《かざし》にした蘭の花を抜きとる。みずみずしい芳香が閨《ねや》にただよった。

「蘭《らん》。そう呼ぼう。藍と響きはおなじだが、こちらのほうが、そなたにふさわしい」

娘は不思議そうな顔で啓を見ていた。その瞳にいやがるような色はないので、啓はいくらか安堵《あんど》する。だが、娘は物憂《ものう》げな表情でうつむいた。

「この名はいやか」

「いえ──蘭は好きです。いま時分、島の山裾《やますそ》にはたくさんの蘭が花開いて、あたり一帯、とてもよい香りがします。そうではなく……」

「なんだ」

「わたしにどんな罪があって黥刑に処せられたか、知りたくはないのですか」

「知りたくないこともないが……」啓は戸惑う。「『海神の娘』は、身分も出自も関《かか》わりなく、ただ海神に選ばれた者がそうなるのであろう。私のもとに嫁ぐのも海神の思《おぼ》し召《め》しなのだから、なんの罪を犯したかなど、問うてもしかたあるまい」

「わたしは罪を犯してなどおりません」

娘はきっと啓をにらんだ。

「どういうことだ」

「わたしは……」娘は言《い》い淀《よど》み、視線を伏せる。啓は黙って彼女の言葉を待った。娘が目をあげる。

「わたしは、桑弧《そうこ》家当主の娘でした」

その言葉に、啓は雷に打たれたような心地がした。

「十年前、処刑された桑弧家当主の――」

海には大小さまざまの島がある。最も大きな島は西にある弓なりの島で、ふたつの領にわかれている。西側が花勒、東側が花陀《かだ》。二領のあいだには険しい山脈がそびえ、陸路の行き来を阻《はば》んでいる。二領の行き来はもっぱら船で、それはほかの島々もおなじだった。東の端《はし》にある島ふたつを沙文《しゃもん》、沙文と花陀に挟まれた島を雨果《うか》という。主だった領はこの四領だが、小さな領はほかにもある。長い歴史のなかで、滅んでいった領もある。滅んだ領は、海神の託宣に逆らったためだとも、巫女王に刃を向けたからだともいう。領主はそれぞれ、花勒の君、花陀の君、といったふうに呼ばれた。

歴代の領主のなかには、ときおり傑物が現れる。先代の花勒の君がそうだった。啓の父である。

諡《おくりな》を榮君《えいくん》といった。榮君は花勒で細々と生産されていた染料の藍を交易の一大特産品にまで押しあげた領主で、英明果断な名君だと評される。いっぽうで、政を牛耳《ぎゅうじ》って私腹を肥やしていた領主の血族をことごとく粛清した苛烈《かれつ》さも内外によく知られている。

どこの領も、政を支配しているのは領主の親類縁者である。榮君が領主となった当時、朝廷の席を埋めていたのは綴衣《ていい》家、鳥冠《ちょうかん》家、桑弧家の三家で、これらは領主の子から分かれた家だった。三家の成立はずいぶん古く、代によっては領主よりも彼らのほうが力を持っていた。榮君は、三家の当主を処刑した。家族は罪人として奴婢に落とされた。自死した者も多かった。

それが十年前のことだ。啓は十歳だった。処刑は歴代領主の廟《びょう》の前で行われた。逆臣の処罰は常にそこで行われる。祖先に報告するためである。

彼らにはたしてそこまでの罪があったのかどうか。榮君を弑《しい》するはかりごとがあったというが、そんなものはいくらでも捏造《ねつぞう》できるだろう。

当主たちの首は城門の下に埋められた。不思議なことではあるが、逆賊の首は外から来る厄災を追い払ってくれるといわれている。

首の欠けた骸《むくろ》は、海に流された。体は潮に洗われ、魚に喰《く》われ、魂は海の果てにある霧のなかをさまよう。海の向こうの楽土へはたどり着けない。

首を落とされ、まだ生々しい血を流しつづける骸にとりすがり、泣いていた女児がいたのを覚えている。廟の前の土には、祭事の犠牲や罪人の血がうんと染《し》み込《こ》んでいる。大地は死者の血を吸い込んで、つぎの恵みをもたらすのだと、信じられていた。だから、骸は血が流れきるまで、捨て置かれた。その骸に、衣も顔も血まみれになって、女児が泣いてとりすがっていた。

――あのときの女児が、彼女なのだろうか。

啓は廟の陰《かげ》からそれを眺めることしかできなかった。処刑の場には啓もいた。跡継ぎだから、いなければならなかった。

――望んだわけでもないのに。

領主の後継者は、当代の領主が存命のときに決まることもあれば、当代の死後に決まることもある。いずれの場合も、海神の託宣で決まる。領主一族のなかから選ばれるが、長子とは限らないし、ときの領主の子とも限らない。ただ、かならず男児ではあった。『海神の娘』を娶《めあわ》せるためなのだろう。

啓が生まれたとき、託宣がおりた。啓は榮君の末子である。すでに生まれていた兄ふたりに後継者の託宣がおりなかったので、榮君は気を揉《も》んでいたらしい。やはり己の子を跡継ぎに据えたいものなのだろう。かといって、これればかりは海神の思し召しだからどうにもしようがない。啓に託宣がおりたとき、榮君は手放しで喜んだそうだ。

十年前、三家の当主が処刑された理由のひとつは、己にあったのではないかと、啓は思っている。跡継ぎたる己を、榮君は頼りなく思ったのだ。実子が跡継ぎとなった榮君の喜びと期待が、啓が成長するごと、翳《かげ》ってゆくのを啓は知っていた。啓はいささか気がやさしすぎて威容が足りぬということを婉曲《えんきょく》に進言した傅《も》り役に、榮君は怒って、その首を刎《は》ねさせた。啓がことのほか慕《した》っていた傅り役だった。それは啓に暗い影を落として、なおさら意気を削り、さらに榮君を失望させた。

そんなことから、啓が領主となったときには、三家の彼らに専横を許すかもしれない、過大な力を持つ三家をここで削《そ》いでおかねばならぬと、榮君はそう考えたのだろう。

——兄が跡継ぎならばよかったのに……。

兄ふたりはいずれも聡明《そうめい》で、物怖《ものお》じしたところがなく、領主の器にふさわしい。榮君の子であることを重荷に感じている様子もなかった。啓には、重荷だった。

藍の交易で花勒は豊かになったが、商人の不正に役人の腐敗、異国の交易商人とのいざこざ、富む者がいるいっぽうで窮乏する者も増え、港の市場には物乞《ものご》いが集まる、と問題も積み重なっている。粛清につぐ粛清で、領主に恨みを持つ者も多い。さらには、あの三家。処刑されたのは当主で、その家族も罪人として処罰されたが、分家は残っていた。

花勒にしろ花陀にしろ、島々の一族は血のつながりが網目のように複雑である。市場ですれ違っただけの相手でも、祖先をずっと遡《さかのぼ》ればどこかで血がつながっている。大国のように一族、あるいは三族まですべて滅する、というような処罰は馴染《なじ》まない。本家が潰《つぶ》れれば、これ幸いとばかりに分家が台頭する。綴衣、鳥冠、桑弧の三家もそうだった。せっかく榮君が取り除いた三家も、当主が代わっただけで、いまも朝廷にいる。いや、以前にも増して力を持っているかもしれない。啓が彼らを押さえつけることができていないからだ。

月に一、二度、啓の前で開かれる朝議は令尹《れいいん》（宰相）の綴衣乙《ていいおつ》が取り仕切り、啓は黙って座っているだけだ。あるいは、三家と角突き合わせる兄ふたりをなだめるのが役目のようになっている。兄たちには不平を漏らされるが、啓は三家に弱かった。十年前の処刑が尾を引いている。うち捨てられた無残《むざん》な骸と、それにとりすがる女児の姿が、呪《のろ》いのように啓の気概をくじいていた。啓は三家に負い目がある。己がもっとしっかりとした、兄たちのように堂々たる跡継ぎであったならば、きっと彼らは殺されなかった。それを見透かされて、三家には侮られている。朝議のたびに啓は胃《い》の腑《ふ》が痛んだ。

そのうえ、桑弧《そうこ》家の娘が妻とは。

なぜ、海神は仇《かたき》のもとに大事な『海神の娘』を嫁がせるのか。神の考えることはわからない。父の行いを反省せよということなのか。これ以上、なにを負わせようというのか。なにひとつ、啓のしたことではないのに。

昨夜、彼女が桑弧家の娘であると知った啓は、黙って閨を出た。逃げだしたようなものだった。彼女と夫婦になれる気がしない。悲痛に泣く女児の姿が脳裏によみがえる。かすれた悲鳴のような泣き声が耳から離れない。彼女は啓を恨んでいるだろう。

啓は、背にまたひとつ重い荷が乗せられたのを感じていた。

＊

蘭、という名を気に入り、娘は、己の名を蘭にすることにした。

桑弧家は代々、占尹《せんいん》――呪術者《じゅじゅつ》を束ねる長だ――を務める家柄だった。令尹は綴衣家、司馬《しば》（軍部大臣）は鳥冠家《ちょうかん》。そう決まっていた。朝廷は領主の血縁者に占有されて、それ以外の者の入る余地はない。

桑弧家の娘であると啓に明かしたのは、そうするのが公正だろうと思ったからだ。それに、罪を犯した人間だと思われたくない、という思いもあった。もっと言えば、処刑された桑弧家当主の娘だと知ったら、この領主はどんな顔をするだろう、という気持ちもあった。好奇心というには悲痛な、切実な思いだった。いやな顔をするのか、憐《あわ》れむ顔をするのか、蘭は己の伴侶《はんりょ》となる男の性質を見定めたかった。

いまでも蘭は、父の惨《むご》たらしい死に様をまざまざと思い出す。廟の前に引き出され、髻《たぶさ》をつかんで押さえつけられ、首を落とされたのだ。頭髪には神霊が宿るといわれ、触るだけでもひどい侮辱となる。それをあんなふうに衆人の前でつかまれて、とてつもない屈辱であったろう。そのうえ首を落とされた骸は血が流れ尽くすまで放置された。蘭は父の骸にとりすがって泣いた。

占尹であった父の骸は、ほかの二家の当主の骸よりも厳重に、祟《たた》りとよみがえりをふせぐ処置を施された。四肢を断たれて切り刻まれ、塩漬けにしたうえで海に流されたのだ。あれでは父の魂は楽土にも行けず、幽鬼となることも許されない。それほどの罪を父は犯したというのだろうか。母は陥れられたのだと言っていた。分家の者に。

蘭には兄がひとりいたが、罪人となる辱めを拒み、自害した。母と蘭は顔に黥を入れられて、官婢となった。来る日も来る日も雑穀を杵《きね》で搗《つ》いた。母はその容貌《ようぼう》の美しさから刑吏にさんざん弄《もてあそ》ばれ、首をくくって死んだ。いずれ自分もおなじ目に遭うのだろうと、幼心《おさなごころ》に思っていた。そのころには、もはや心は摩耗してなくなっていた。

蘭のもとに海神の宮からの使者がやってきたのは、そんな時分だった。蘭を『海神の娘』として、島に迎え入れるという。使者は嫗《おうな》たちで、いずれも藍衣をまとっていた。迎えに来たのは嫗ばかりだったが、島にいたのは、若い娘たちだった。美しく、見目のよい娘たちだった。黥のある蘭はつまはじき者で、婢と変わらぬ暮らしをしていたが、官婢のころよりずっとましだった。娘たちは機を織り、婢は蒅《すくも》で藍建てをして、布を染める。蒅は、藍の葉を乾燥させて、発酵させた染料である。花勒から献上される蒅が最も上等品であった。蒅を甕《かめ》に入れて、木灰、石灰、ふすまなどを加えてかき混ぜ、発酵させる。これを藍建てという。かき混ぜるのは夕方一度だけ、甕の底から蒅を巻きあげるように二、三十回、それを七日ほどつづける。娘たちは発酵するあのにおいがいやだと顔をしかめるが、蘭にとっては、果てしなく雑穀を搗いているより、楽な作業だった。藍建ては難しいというが、嫗から教わった手順を守り、甕の様子を見ながらやれば、すぐにこつはつかめた。藍の華と呼ばれる、藍色の泡《あわ》ができるのを見るのも好きだった。

なにより島には男がいない。ただのひとりも。海神が男神《おがみ》だからだという。酷《ひど》い男しか知らない蘭には、安心できた。

日の出と日の入りのとき、蘭たちは入り江で禊《みそぎ》をした。巫女王は、託宣があるときしか現れない。だが、蘭はその姿をちゃんと見たことはなかった。託宣は皆ひざまずいたまま、頭《こうべ》を垂れて聞く。わかっているのは、濡《ぬ》れ縁《えん》を歩く衣擦れの音と、長く裾を引く衣の深い藍色だけだった。

巫女王は、『霊子様《れいしさま》』と呼ばれていた。

『花勒の君のもとへ嫁ぐがよい』

そう蘭に告げた霊子の声は、鈴の転がるような、蘭よりもずっと年少の、少女のものに聞こえた。思わず顔をあげそうになったが、巫女王の姿を見てはならぬと戒《いまし》められていたので、こらえた。

同時に、ひどく動揺もした。花勒の君——よりにもよって、花勒の君のもとへ。

蘭はそのとき、ただじっと膝の前についた手の、藍に染まった指先を眺めていた。

先代領主の苛烈さ、容赦のない残酷さを目の当たりにした蘭だったので、その息子である啓も、どれほど恐ろしい男かと張りつめた気持ちでいた。残虐な男であったら、舌を嚙《か》んでも死んでしまおうと思っていた。海神の加護など与えない。

だが、啓は荒々しさなどまるで持ち合わせない、穏《おだ》やかな物腰をしていた。鯨の名に眉をひそめ、藍の名をいやがる気持ちを察し、名を考えてくれた。蘭と藍はおなじ響きでありながらも、啓の口から発せられる蘭の名は、とてもよいものに思えた。

蘭が桑弧家の娘でなかったら、それでもうじゅうぶんだったろう。だが、蘭の心には父の首のない骸が、喉《のど》を掻《か》き切って果てた兄の骸が、宙に揺れる母の骸が刻み込まれている。

啓がどんな顔をするのだか、知りたかった。桑弧家の娘になにを言うか、知りたかった。彼がどんな顔をして、なにを言えば己の心が満ち足りるのかは、わからなかった。

啓は、ひどく衝撃を受けていた。青ざめた顔で、蘭を見つめていた。泣いてしまうのではないかと、そんな気さえした。

彼はものも言わず寝台をおりると、そのまま寝所を出ていった。怒らせたのだろうか。

啓は帰ってくることはなく、蘭はひとりで夜を明かした。

翌日も、そのまた翌日も、啓は蘭のもとを訪れることはなかった。

花勒の城は丘陵地にある。地形を利用して築かれた城内の最も奥に領主の屋敷はあり、蘭に宛《あて》がわれた室はその西側にあった。城の裏手は海に面した断崖絶壁《だんがいぜっぺき》だが、領主のみが通れる道から岩場に降りられる。蘭が舟で送られてきた岩場だ。昔からあの場は『海神の娘』を迎え入れるときにだけ使われるという。

城下には港町があり、そこでもっぱら藍の取引が行われる。領内は平地がすくなく、大きな川を中心に町があり、川沿いに藍農家が藍を育てている。川は夏の終わりになると嵐《あらし》でたびたび氾濫《はんらん》したが、藍は収穫がそれより前であるために、氾濫の害を被らずにすむ。もともと、藍は海神の宮に献上するために作られていた。海神に捧《ささ》げる布を藍で染めるためと、巫女たちの衣のためだ。巫女たちは藍で染めた衣しか着ない。それを交易品にまで押しあげたのは先代の花勒の君、榮君だった。

城のある花勒の中心地は島の北側で、そちらは乾いた風が吹きつけ、年を通じて雨の量はすくなく、温暖な地域である。いっぽうで川の上流は雨が甚だしく多い。南には長細い島に平行して山脈がそびえているが、寒冷な高山地帯である。おなじ島でも気候は変化に富み、生息する植物や動物も異なる。美しい自然に恵まれた島だった。

蘭は庭に出た。長い裾を持ちあげ、炎の色をした凌霄花《のうぜんかずら》が咲き乱れるあいだを歩く。昼下がりの庭には陽光が降りそそぎ、汗がにじんでくる。だが、薄暗い室内でじっとしているよりはよかった。衣は藍染めの麻で、さらりとして心地よい。縹色《はなだいろ》の地に花鳥の文様が型染めされており、衿《えり》は青藍《せいらん》の色に染められている。腰帯は薄縹で、蒺藜《しつり》（菱《ひし》）文様が織り出されている。啓の用意した衣だった。

蘭には侍女が三人ほどつけられているようだったが、身の回りの世話をするほかは、つねにべったりそばに侍《はべ》るというわけでもなく、遠巻きにうかがっている。黥面の妃《きさき》など、どう接していいかわからないのかもしれない。正妃は『海神の娘』と決まっているが、妾妃《しょうひ》を持ってはならぬという決まりはない。したがって幾人もの妾妃を持つ領主もいるが、おおよそは正妃だけしか持たぬことがほとんどだった。『海神の娘』を蔑《ないがし》ろにして、海神の怒りを買わぬためだ。『海神の娘』への扱いは、海神への信仰心と重なる。どこの領でも『海神の娘』は丁重に迎えられ、金銀珠玉を贈られ、過分な饗応《きょうおう》を受ける。花嫁となった『海神の娘』が幸せであることが、海神の加護を約束すると信じられた。

啓も、妾妃はひとりもいない。屋敷は静かなものだった。身辺にいるのは、侍女に、啓の側仕《そばづか》えである侍人、豎《じゅ》（小姓）、護衛の侍官。いずれも無駄口をたたかない者ばかりだった。屋敷内には厨《くりや》に宰夫《さいふ》（料理人）だったり、下働きの奴婢だったりも多くいるが、蘭の居室までは彼らの物音は届かない。

護衛の侍官というのは、形式的にそばにいるだけで、領主は命を狙《ねら》われることはほとんどない。それは神の思し召しに背くことだからだ。領主が不慮の死を遂げるときは、それが神の判断なのである。

風が吹き抜け、耳飾りが揺れた。青みがかった乳白色の珠を連ねた、耳墜である。珠が触れ合って、澄んだ音色を響かせた。これは『海神の娘』だけが身につける耳飾りだった。

「台駘《たいたい》──台駘。いるのでしょう。姿をお見せ」

蘭は宙に向かって呼びかけた。池のほうで、魚の飛び跳ねる音がした。蘭はそちらに足を向ける。水面から青い魚が飛び出したかと思うと、宙でくるりと回り、その姿を変えた。頭から背は美しい青、腹は赤褐色の羽毛を持つ鳥が現れる。磯鵯《いそひよどり》だ。それは翼を羽ばたかせて、差し出した蘭の手にとまった。

「台駘」

この鳥は台駘、海神の使《つか》い部《べ》である。『海神の娘』には、島を出るさい、こうした鳥が必ず遣わされる。できれば蘭は、磯鵯よりも大きな、力のありそうな鳥がよかったのだが。

「わたしの話し相手はおまえくらいよ」

蘭は木陰《こかげ》に腰をおろした。嫁いだあとの『海神の娘』は、島にいたときのように海神に祈りを捧げるほかは、機織りをしたり、衣を縫ったりするものらしい。巻子《かんす》本を読んだり、書写をしたりする者もいると聞かされている。してはならぬのは、朝廷に嘴《くちばし》を入れること──政に口出しすることだ。巫女が口出しをすれば、託宣になってしまう。祭祀と政は分かたれなくてはならなかった。『海神の娘』のなすべきことは、領に海神の加護をもたらすことである。

蘭は島で藍染めばかりしていたから機織りは苦手で、衣を仕立てることもできない。文字は読めるが、物語も、難しい学問の書も好きではなかったし、書写などもってのほかである。

「なにをして過ごせばいいのかしら。勝手に出歩いてはいけないというし」

昼寝ぐらいしかすることがない。台駘は蘭の手の上で小首をかしげるばかりだった。その首を指先で撫《な》でる。台駘は気持ちよさそうにつぶらな目を閉じた。

蘭は台駘を地面におろすと、青草を褥《しとね》に横になった。草の瑞々《みずみず》しいにおいがする。池の水面が陽光に照らされているのをぼんやりと眺めているうち、眠くなってきて、蘭は目を閉じた。小さな子供のように、膝を抱えて眠った。

どれくらい眠っていたのかわからない。目が覚めたとき、そばに誰かがいるのがわかった。体には深緑の衣がかけられている。半身を起こすと、池を眺める啓の横顔が見えた。

「……起きたか」

啓が蘭のほうに顔を向ける。穏やかではあるが、やはり翳を帯びた顔だった。

「昼寝ならば、己の室ですればいいものを」

「することがなくて……」

まだぼんやりとしてそんなことをつぶやき、蘭はかけられた深緑の衣を返した。衣を受けとり、啓は「侍女たちはどうした」と尋《たず》ねる。

「わかりません」

啓はため息をついた。

「主をほったらかして……。叱《しか》っておく」

「いえ」蘭は驚いた。己の返答で侍女が叱られることになるとは、思いもしなかったのだ。いままで自分自身が叱られることはあっても、自分のせいで他人が叱られたことなどなかった。婢の暮らしが長く、つねに下《した》っ端《ぱ》の扱いだったからだ。主になるというのは、ふるまいひとつで侍女が叱られることになるらしい、と悟った。

「いえ——あの、ひとりにしてほしいと、頼んだのです。侍女というものに、慣れなくて」

そう言葉をつづけると、啓はけげんそうな顔をしたものの、それ以上なにも言わなかった。

啓は黙って池を眺めている。なにか言ったほうがいいのだろうか、と蘭は思ったが、啓がそれを求めているふうにも思えなかったので、やはり黙っていた。これまでを顧みて、下手になにか言わないほうがいい、とも思えた。

蘭は啓に対して、どんな態度で接したらいいのか、わからない。にこやかでいればいいのだろうか。そんな気にはなれない。だが、敵意を向ける気にもなれない。彼は苛烈だった先君とあまりに違っている。むしろ暴君であったなら、敵意を燃やして立ち向かえたかもしれない。啓は、やさしい、というのとも違う、穏やかではあるのだが、覇気に欠けた青年だった。その若さにもかかわらず、倦《う》み疲れた雰囲気がただよっている。

「……ひとつ知らせておかねばならない」

憂《うれ》いを帯びた声で、啓が言った。

「そなたの身元が、朝廷の者たちにも知れた」

蘭は啓の横顔を見つめる。

「そうですか」

いずれ知られるだろうとは思っていた。知られたからといって、どうなるものでもない。すべては海神の思し召しなのだから。

だが、啓の横顔は苦渋に満ちている。

「そなたが加護ではなく災厄をもたらす巫女なのではないかと、言う者もいる」

啓は蘭のほうを見ようとはしない。蘭はじっと啓の横顔を見据えていた。

「それで、どうせよというのですか」

「いや……」

「わたしには、なにも申しあげることができません。政に口を挟んではならぬからです。ご存じでしょう」

「ああ、そうだったな」

「それはあなたがどうにかするべきことです」

突き放した言いかたになった。いくらか腹が立ってもいた。そんなことをわたしに言ってどうなる、領主なのだから臣下の疑念と不満くらい、なんとかしろ——と思った。

啓は驚いたように蘭を見て、目をしばたたいていた。

「ああ——ああ、そうだな」

なにをそんなに驚くことがあるのか、と思ったが、次いで彼が笑ったので、ますます不可解に思った。

「いや、すまない。頼りなくて、驚いたろう」

啓の笑みは自嘲《じちょう》めいている。

「頼りないとは、思いませんが……」

いや、実際、妙に頼りない領主だとは思ったが、聡明そうで、人柄もよさそうであるのに、なぜこんなに頼りなげであるのだろう、と疑問だった。

「彼らには私がしかるべく説くから、心配しないでほしい」

そう言われると、むしろ心配になる。啓の顔は明らかに疲れていた。

「……すこしお休みになったほうが、いいのではありませんか」

彼にこそ、昼寝が必要に思えた。

啓はなにか答えようとしたが、ちょうどそのとき、遠くで彼を呼ぶ声が聞こえた。わが君、と呼ばう声だ。人々は、領主に呼びかけるとき、そう呼ぶ。

「行かなくては――」

「大丈夫です」

蘭はさっと立ちあがり、耳飾りを揺らした。澄んだ音が響く。揺れる珠が溶けて、白い霧を生みだす。霧は蘭と啓の周囲を覆い隠した。啓を呼ぶ声が近づいてくる。だが、足音と声はとまることなく通り過ぎ、どこかへ去ってしまった。

「これは……」

蘭は啓をふり返る。

「お休みください。すこしばかりの昼寝くらい、許されるでしょう」

啓は目をみはって蘭を見あげている。

「『海神の娘』というのは……こんなこともできるのか」

「こんなことしか、できません」

啓は穏やかに微笑した。

「ありがとう。だが、昼寝はいい。もうじゅうぶん休んだ。そなたが眠っているあいだ」

霧が薄れて、耳飾りの珠に戻る。

啓は腰をあげ、土埃《つちぼこり》を払うと、屋敷のほうへと歩きだす。蘭は声をかけようと思ったが、かけるべき言葉を思いつかなかった。

＊

『それはあなたがどうにかするべきことです』

啓にとって、蘭のこの言葉は神の託宣のように響いた。

これはあなた様のやるべきことではない、それは私どもにお任せを、そんなふうに言われるばかりで、啓はお飾りの領主だった。父がとくべつだっただけで、領主とはそんなものかもしれない。

「わが君——わが君」

朝議が終わって朝堂を出た啓に、占尹の桑弧罷《ひ》が追いすがる。罷は五十過ぎの、涼やかな風貌《ふうぼう》の持ち主である。

「お待ちください。お体にお変わりはございませんか」

罷は青ざめた面持ちで、唇《くちびる》も乾いている。

「なんの話だ」

「いえ、今朝がたの貞問《ていもん》で、不祥のしるしが出たものですから……」

貞問とは、占いのことである。

「なにを占った?」

罷は言い淀む。

「『海神の娘』のことか」

罷は黙することで肯定した。ふう、と啓は息をつく。

「罷よ、かの『海神の娘』は、託宣に従って私のもとへ来たのだ。それが不祥であるなら、不祥なのは彼女ではなく私だ。私になにかあるなら、それが海神の思し召しなのだ」

「わが君……!」

淡々と告げる啓に、罷は信じられぬものを見る目をしていた。

「せめて、せめて遠ざけるべきです。わが君、どうぞお気をつけて……」

罷の声を背中に聞きながら、朝堂を離れる。処刑された桑弧家の娘、黥面の妃に、ああした厭《いと》う声は多い。巫女王に逆らうわけにもいかないから、『海神の宮へ返してしまえ』などとはさすがに言わないが。

だが、結局、啓はいまだ夜に蘭の閨を訪れることはしていない。昨日は昼間、たまたま庭で蘭に遭遇し、話をしたものの、それだけだ。

——そういえば、することがない、と言っていたか……。

機でも用意するものなのだろうか。たしか、母は機を織っていたと聞く。実際に目にしたことはないが——。

領主の屋敷へと通じる回廊の途中で、長兄の黎《れい》が待ち構えていた。

「兄上」

啓が足早に黎のもとに歩み寄ると、

「『黎』とお呼びください、わが君」

と、黎はいつものように、困ったように言う。しかし、十も年上の長兄を呼び捨てにするなど、啓にはどうしてもできかねるのだった。歳《とし》だけのことではない、黎は文武に秀で、しかしそれに驕《おご》ることのない控《ひか》えめなひとだった。幼いころから啓は彼を慕ってきた。

「けじめをつけねば、臣下に示しがつきませぬ」

「わかっている、わかっているが……ふたりきりのときであれば、かまわないでしょう」

黎は苦笑した。

「それで、なにか用でしたか、兄上」

「占尹が、また愚にもつかぬことをお耳に入れているようでしたので……」

占尹とは、桑弧罷のことである。

「わが君におかれましては、どうぞお聞き捨てなさいますよう」

「ああ……」

——わざわざそんなことを忠告に来たのか。

啓はいささか、傷ついた。

「わかっています。罷は、己の罪を暴《あば》かれるのが怖いのでしょう」

黎は驚いたように眉をあげた。それにも啓は落胆する。自分はそれほど、なにもわからぬ愚物だと思われていたのか、と。

十年前の三家当主の処刑の裏に、分家のはかりごとがあったことなど明白だ。罷は貞問でそう出たとでも言い、讒言《ざんげん》を榮君に吹き込んだのだろう。榮君はそれを信じたのか、讒言とわかっていながら利用したのか、わからないが。

信じたのかもしれない、と啓は思っている。あのころ、榮君の苛烈さは行き過ぎていた。啓が跡継ぎとして頼りない、という以上に、なにかを恐れているかのようだった。なにか——海神の加護を失い、領が傾くことだ。当時、『海神の娘』たる母は、すでに死んでいたから。

啓を産むとき、死んでしまったのだ。ひどい難産だったという。

兄たちは、実のところ、母を殺して生まれた啓を恨んでいるのではないか。母を殺したうえに領主の地位をも奪っていった啓を。

そうした疑念とうしろめたさが、つねに胸の片隅《かたすみ》にある。暗い翳になってこびりつき、どうしても拭《ぬぐ》い去《さ》れない。

「私が申しあげるまでもなかったご様子。さしでがましいことを申しあげました」

黎は微笑を浮かべている。その奥にどんな感情があるのか、読みとれない。ひとの顔色をうかがうような真似《まね》をしてはなりません、と昔、傅り役にたしなめられたことがあったが、啓からその癖《くせ》は抜けない。生意気だと思っているのではないか、軽蔑《けいべつ》されてやしないか、そんなことを気にしてしまう。

「わが君――」

黎がなにか言いかけたとき、朝堂のほうで怒声がした。ふたりは、はっとふり向く。

「あの声は……」

「旅《りょ》ですよ」

顔をしかめて、黎は苦々しく言う。旅は黎の弟、啓にとっての兄である。黎にも啓にも似ていない、血の気の多い男だった。

「どうせまた、鳥冠あたりとつまらぬことで諍《いさか》いを起こしているのでしょう」

黎と啓は朝堂に引き返した。数人の人影がある。もともと朝堂での朝議に参加するのは卿の身分にある者のうち、三家と兄ふたり、そして啓の六人しかいない。そこに誰がいるかなど知れていた。黎の言ったとおり、堂の下で旅と鳥冠側《そく》が言い合いをしている。いまにも取っ組み合いになりそうな剣幕だった。鳥冠も気が短い。旅は体が大きく、腕っ節が強い。曲がったことが嫌いで、そのぶん血気盛んな若者から慕われる男ではあるが、いかんせん頭に血がのぼりやすい。鳥冠は鳥冠で、四十という歳のわりに旅と正面からやり合うので困る。悠然とかまえて受け流すということがない。

「お二方とも、どうかそのへんで」

ふたりを仲裁しているのが、綴衣乙だった。この男が、三家のなかで最も食えない男だろう。のらりくらりとした調子の、考えのつかめぬ気味の悪い男だった。歳は五十になるのだったか。

「何事だ」

啓が近づくと、さすがに旅も烏冠も口を閉じて離れた。

「申し訳ございません、わが君」

謝ったのは綴衣である。「私の手落ちでございます。お気になさらず、お戻りくださいませ」

その返答にムッとしたのは黎である。

「わが君は何事かとお尋ねなのだ。それでは返答になっておらぬ」

「これはとんだご無礼を……。いえ、右尹《うじん》はさきほどの話し合いに納得なさっておらぬそうで」

右尹は旅の官職である。左尹《さいん》が黎だ。旅は額に青筋を立てて、ふたたび口を開いた。

「当たり前だろう、司敗《しはい》（司法官）を綴衣の者にすげ替えるなど、無理無体もいいところ――」

「わが君も納得なされたものを、ひっくり返そうというのですか」

旅は啓のほうにぐいと詰め寄った。

「おい、啓」

旅は頭に血がのぼると人前でもかまわず弟を名で呼ぶ。黎が青ざめて、旅の衿をつかんで引っ張った。

「いいかげんにしろ。頭を冷やせ」

兄に押し殺した声で叱られて、旅は唇を曲げたものの、黙った。黎は旅の衿をつかんだまま、引きずるように去ってゆく。鳥冠も綴衣も、啓に一揖《いちゆう》すると、従者を引き連れ立ち去っていった。

どっと疲れが襲ってきた。啓は深い息をつく。朝堂の前にしばしたたずみ、通り抜ける風の音を聞いていた。

*

島では見たことがなかった花々が、庭には咲いている。白や薄紅、紅、赤紫……明るい陽光によく似合う花々だった。蘭に名がわかるのは凌霄花くらいだ。これは橙色《だいだいいろ》で、陽そのものの色をしている。夕陽《ゆうひ》の色だ。

蘭《ふじばかま》はどこに咲いているのだろう。花をつけた木々のあいだを歩きながら、蘭をさがす。前にある枝を手でのけようとしたら、「奥方様」とあわてた声がかけられた。背後をふり向く。侍女のひとりが駆けよってくるところだった。

「その枝はお手を触れてはなりません、毒ですから」

「えっ」

蘭は驚いて手を引っ込めた。白い花をつけた木の枝だった。

「夾竹桃《きょうちくとう》でございます。触れるだけでも危のうございますから」

「どうして、そんなものを植えてあるの?」

「薬になるのでございます」

へえ、と蘭は木を見あげる。

「薬効の強いものは、毒気も強いのです」

「よく知っているのね」

蘭は侍女に向き直る。「どうもありがとう」

「いいえ、そんな」侍女はうろたえたように顔を伏せる。「御礼《おれい》を申しあげねばならぬのは、わたくしのほうでございます」

「どうして?」

「昨日、わが君からお叱りを受けるところだったのを、庇《かば》ってくださいました」

蘭が首をかしげると、

「わたくしどもは、奥方様のおそばに控えねばならぬのを、おひとりにさせて……奥方様は庭でお眠りに」

「ああ」

ありがとうございました、と侍女は礼を言う。

「そんなたいそうなことでは……。あなたは、蒲葵《ほき》椒《しょう》といったかしら」

「さようでございます。椒とお呼びください」

椒はほほえみを浮かべた。

「わたくしの家は、奥方様のお家と昔から親交が厚く、奥方様のお小さいころも覚えております」

「まあ……」

驚いた。子供のころの蘭を知っている者がいてもなんら不思議ではないのだが、こんな身近にいるとは思わなかったのだ。

「わたしはあまり覚えていないの。……」

お父様の処刑のときのことしか――と言いかけたのを、呑《の》み込《こ》んだ。椒はかなしげに眉をひそめる。

「無理もございません。惨《むご》いことがございましたから……。父君はもとより、母君も、兄君も、おかわいそうなことでした。奥方様は、さぞ榮君をお恨みでしょうね」

「え？　いえ……」

改めてそう言われると、わからない。恨みよりも、かなしみのほうが強い。

「榮君はもう、いないのだし……」

「たしかに。楽土へお渡りになった御方を恨んでも、しようがございませんね。でも、三家のあの分家衆は、生きておりますよ」

椒は腹立たしげに眉間《みけん》に皺《しわ》をよせた。それからあたりをうかがい、声をひそめた。

「奥方様は、ご存じですか。あれは分家衆の企《たくら》みだったのでございますよ」

「母がそんなことを言っていたけれど」

「公には知られておりませんが、事実でございます」

蘭はすこし首をかしげた。

「知られていないことを、どうしてあなたは知っているの？」

椒は虚を衝《つ》かれたように一瞬黙ったが、

「知っている者は、知っていることでございます」

と言った。そういうものなのだろうか。蘭はいまの領内の事情に詳しくない。

「……そう」

淡泊な蘭の反応に、椒は拍子《ひょうし》抜《ぬ》けしたような顔をしている。

「憎らしいとお思いにはなりませんか」

「思ったって、わたしにはどうしようもないもの」

「でも、お妃様でいらっしゃるのですし――」

「わたしは政には口を出せないの。そういう決まりだから」

「では、神罰を下すなどなさっては」

蘭は苦笑した。

「わたしは神ではないわ」

「巫女でいらっしゃるのでしょう？　不思議なお力がおありなのではございませんか」

「すこしくらいは……でも、たいして役に立たないわ」

蘭は手のひらを見つめる。椒はそれでも感心した様子でうなずいていた。

「すこしでも、おありになるならすごいことではございませんか。そうしたお力がおありだから、『海神の娘』に選ばれたのですか？」

いいえ、と否定しようとして、蘭はつと唇を閉じる。軽々しく口にしていい話ではなかった。

――この力は、あの泉で得たのだ。

啓に嫁ぐようにと、託宣が下されたあのとき。巫女王にひとり呼ばれて、ついていったさきに泉があった。そこで禊をして、力を分け与えられたのだ。

夢幻のようなひとときだった。蘭はそこで巫女王と言葉を交わした。

「奥方様？」

呼びかけられて、はっとする。

「どうかなさいましたか」

「いえ、なんでも」

その返答にかぶせるようにして、遠くで怒声のようなものが響いた。椒が驚いてあたりを見まわす。

「いやだ、なんの騒ぎかしら……。あれは、西宮の朝堂のほうかしら」

ぶつぶつとつぶやく。

「喧嘩《けんか》かしら」と蘭が言うと、「そうかもしれません」と椒はうなずいた。

「卿たちのあいだで揉め事でもあったのかもしれません。いずれにしても、表のことですから」

胸の内側で、ざわりといやな感覚がする。ただの喧嘩ですめばいいのだが。

胸騒ぎが夜になっても治まらないので、蘭は閨を抜け出し、庭を歩いた。足音がしないよう、錦《にしき》の鞋《くつ》を脱ぎ、裸足《はだし》になる。夜の闇で冷えた草が、足裏に心地よい。池のほとりに立ち、月影の映る水面を眺めた。水を見ていると、すこし気持ちは落ち着いてくる。

かすかな風にさざなみが立ち、月の姿を震わせる。蘭は膝をつき、水面に手を伸ばした。指に触れた水は思ったよりもずっと冷たく、思わず手を引いた。

——あの泉は、冷たくなかった。

巫女王に連れて行かれた泉。宮の奥にあり、美しい花が咲き乱れていた。牡丹《ぼたん》のような、白い花弁がみっしりと重なった花々だった。それが泉の上にこぼれ落ちんばかりに咲いていた。蘭はその泉に入った。あたりは清々《すがすが》しい花のにおいに満ちていた。巫女王は泉の水際にいて、蘭を眺めていた。十四、五歳くらいに見える、白い肌の、花のように美しい少女だった。額に白い鱗《うろこ》のような痣《あざ》があり、それは少女を飾る螺鈿《らでん》のように見えた。少女はかすかな笑みを浮かべて、蘭を見おろしていた。

——あのとき、わたしは『海神の娘』になったのだ。

ピイッピイッ、と鳴き声がして、磯鵯《いそひよどり》が蘭のもとに飛んでくる。台駘《たいたい》だ。だが、台駘はなにかに驚いたようにすぐ飛び立ってしまった。蘭はうしろをふり返った。啓が歩いてくるところだった。

「なにかあったか？」

「いいえ、眠れなかったので」

蘭は濡れた手を衣の裾でぬぐい、立ちあがった。鞋を履く。

「気がかりなことでもあるのか」

「いえ——」答えかけて、啓に向き直る。「あの、昼間、騒ぎがあったでしょう」

「騒ぎ？　朝堂での騒ぎのことか」

「喧嘩のような声が聞こえてきました」

「こちらまで聞こえていたか。あれは、次兄と鳥冠側のいざこざだ」

「いざこざ……」

「もとから仲が悪い。兄たちと、三家とは。とくに次兄と鳥冠側はよく諍いを起こす」

蘭は胸のあたりを押さえた。

「それがどうかしたか」

「いえ……なんだか、胸騒ぎがして……」

啓はけげんそうに眉をひそめる。「ふたりの諍いにか？」

「わかりません」

実際、なにが原因なのだかわからなかった。啓はしばし考え込むように黙っていた。

「——わかった。留意しよう」

「え？」

「巫女の言葉だ。軽くは考えぬ」

蘭はあわてた。

「いえ、さほど深い意図があってのことではありません。託宣でもないのですから」

「深い意図がないからこそ、留意すべきなのだろう。巫女の言葉とはそういうものだ」

「それでは、わたしはなにも言えません」

なんでもかんでも神意を汲み取《くと》られては、窮屈だ。それとも、『海神の娘』にはそうしたことが求められているのだろうか。

啓はまたもや考え込んでしまった。

「……悪かった。そなたは、好きに話せばいい。こちらも、それを予言や託宣とは極力受けとらぬようにする」

ひどく真面目《まじめ》なひとだな、と蘭は思った。すべてを真正面から受けとめすぎて、息がしづらそうだった。

啓は、屋敷のほうに戻るのかと思いきや、その場に腰をおろした。うなだれて、かすかに息をつく。その肩があまりに悄然《しょうぜん》としていたので、蘭は放っておくわけにもいかず、かたわらにふたたび座った。

「どうも私は、ひとつとしてうまくできぬ」

蘭は啓の横顔をうかがう。月明かりに精悍《せいかん》な面差しが照らし出されている。白々《しらじら》とした冷たい光は、彼の横顔をさびしげに見せた。

「兄たちのように堂々とはできないし、三家には侮られるばかりだ。そなたのことも――」

啓はちらと蘭を見た。

「……私がもっとしっかりとした跡継ぎであったなら、父上もそなたの父を殺さなかったやもしれぬ」

蘭は眉をひそめた。

「『しっかりとした』って、でも、あなたはあのころ、十かそこらの子供でしょう」

「十歳の子供でも素質はわかるものだ」

「そうかしら……」

「傅り役には『気がやさしすぎる』と言われた。父上はその傅り役の首を刎ねた」

啓の声は暗い。蘭は顔をしかめずにはいられなかった。

「ひどいことを」

啓が蘭のほうに顔を向ける。「そう思うか」

「当たり前でしょう。首を刎ねるほどのことではないわ」

「そうだな。そうだった……」

啓は池に目を向け、傷が痛むような顔をした。傅り役というなら、父親よりもずっと身近にいてくれた師だろう。それを父親に殺されたのだ。それが啓にどれほどの痛手を与えたか、考えてみるまでもない。

「あなたは榮君に呪われているのね」

そんなつぶやきが、口をついて出た。

「――呪い？」

啓が蘭をじっと見つめる。「父上が、私を呪ったと？」

「喩《たと》えだけれど」と蘭はつけ加えた。「だって、あなたはまるきり榮君に縛られているように見えるから」

啓は黙り込む。

「榮君のしたことはすべて榮君が負うことであって、あなたが負うことではないでしょう。わたしの父を殺したのも榮君であって、あなたではないわ」

啓は弱々しくほほえんだ。

「そういうわけにはいかない。ふつうの家であれば、それですむかもしれないが……。領主はそうはいかない。連綿とつづいてきて、これからも、つづいてゆくのだ。たくさんの重荷を背負ってゆくのだ」

今度は、蘭が黙り込んだ。蘭に領主の背負う責務など、わからない。蘭は巫女であって、領主ではない。もどかしさを覚えた。啓の背負う重荷を、ほんのすこしでも、軽くすることはできないのだろうか――。

ふいに、父たちの骸が脳裏をよぎり、蘭の胸に楔《くさび》を打ち込んだ。目の前のこの青年は、父を殺した男の息子だ、と。どうして情けをかけ、やさしくしようと思うのか。首のない父の骸に、そう責められている気がした。流れる血の一滴もなくなった父の骸が。

蘭は、肩が妙に重くなったようで、膝を抱えた。

――重荷というのは、こういうことだろうか。

己がしたことではないことで、縛られる。己では、どうしようもない。

月の光が池の水面を照らしている。婚儀の晩の海とおなじだ。あの晩も、海が月に照らされて、輝いていた。それをとても不安な心持ちで、眺めていた。花勒の君がどんな男か、あのときはまだ知らなかったからだ。恐ろしい、ひどい男だったらどうしようかと、怖かった。怖くて仕方なかった。

蘭は、啓に向き直る。

「島を離れて、ここに来るまでのあいだ、舟の上で、わたしがどんな気持ちだったか――」

啓は、けげんそうに蘭を見る。

「あなたにわかる？　とても怖かったの。嫁ぐ相手が残忍な男だったら、と恐れていたのよ」

蘭の口調はすっかり砕《くだ》けたものになっている。啓に対しては、それがいいと思えた。

「だから、あなたを知って、ほっとしたの。怖いひとじゃなかったから。それだけで……ただそれだけで、救われる気持ちがあったって、知ってほしい」

蘭はぎゅっとこぶしを握りしめた。

「あなたのやさしさは、無駄なものじゃない」

啓が目をみはる。その唇がかすかに震えたが、言葉は出てこなかった。

深い息を吐いて、啓は池の水面を見つめる。そこにきらめく月光が、彼の瞳にも映っていた。

「……ありがとう」

ずいぶんとたってから、啓はかすれた声でそう言った。

「私も、そなたの言葉に救われた」

表情が和らいでいる。蘭はそれを見てはじめて、啓がつねにどれだけ気を張りつめているのか知った。

「あなたは……すこし、気晴らしをしたほうがいいのではないかしら」

「気晴らし？　そうか。気晴らしか……」

思いつかないのか、啓はぼんやりと答える。

「そういえば、そなたはすることがないと言っていたな。いまも暇か」

「ええ、まあ」

「機織りはしないのか」

「しないわ。ずっと藍染めばかりしていたから」

「藍染めか。城にも工房があるが、そなたに手伝わせるわけにもいかぬしな。……港にでも行ってみるか？」

「港に？」

「藍市が開かれている。ここの藍商はもとより、よその島の藍商も集まる。異国の海商もだ。いつも大いに賑《にぎ》わっている。最も賑わうのは冬の大市だが」

「大市？」

「藍玉の取引が行われる。それ以外の時期の市は、主に藍染めされた糸や反物が取引される」

蒅《すくも》を搗き固めて運搬しやすくしたものが、藍玉である。俵《たわら》に詰めた状態で売り買いされる。蘭が島で扱っていたのも、それだ。

「藍は夏に収穫されて、藍玉ができあがるのが冬だ。藍を作るのは藍作農家、藍玉を作るのは藍師、それを流通させるのは藍商。すべて一手に行っている藍商もいるが、だいたいはわかれている。染めるのは紺屋《こうや》だな。ふだんの藍市で並ぶのはこの紺屋が染めた反物だ。花勒は紺屋も腕がいい。美しい藍染めが見られるぞ」

日々藍染めをしていた者として、興味はそそられる。「でも……」と、蘭は頰を押さえた。蘭には罪人の黥がある。

「それがあるからといって、一生この屋敷のうちだけで過ごすわけにもいくまい。退屈だろう。布で覆うなり、隠していってもいいが……そうだな、数日待ってくれ」

啓は、なにか腹案でもあるのか、そう言った。蘭はうなずく。啓はかすかに笑みを浮かべた。

「暑い盛りといっても、夜半は冷える。もう戻ったほうがいい」

そう言って立ちあがり、蘭のほうに手をさしだす。蘭はその手を握り、腰をあげた。啓は手を離し、さきに立って歩きだす。蘭は月明かりに浮かびあがる啓の背中を眺めた。さびしげで、孤独な背中だと思った。


二日ののち、蘭は啓につれられて藍市に向かうことになった。侍女たちに藍の衣を着せられて、髪を結われる。髻に挿した笄《けい》は青い玉で作られており、藤蔓《ふじかずら》の文様が一面に彫り込まれている。衣には藍糸で精緻《せいち》な花鳥の刺繡《ししゅう》が施され、一見目立たないのだが、近くで見るとその繊細な豪華さに驚かされた。衿に使われている布地には蒺藜《しつり》の文様が織り出されている。帯は薄縹から甕覗色《かめのぞきいろ》と呼ばれるごく淡い水色までを用いて細かな花蔓文様を織り表す巧《たく》みさで、海神の島でも見たことのない技巧だった。島の巫女たちが織る布は神に捧げられるため、丹念に織られるが、けっして華美ではない。

馬車に揺られて、屋敷を離れる。領主の屋敷は奥の宮にあり、宮牆《きゅうしょう》に囲われている。その手前に朝堂など政の宮があり、その周囲には官衙《かんが》が建ち並ぶ。殿舎の灰色の甍《いらか》と、道に整然と敷かれた石板の白さが美しい。官衙の区画を出れば臣下たちの家屋敷が現れ、そこをさらに抜けると東西に市が立っているのが見える。店を構えた商家もあれば、屋台もあり、道端《みちばた》に筵《むしろ》を敷いて品を並べただけの者もいる。市は人でごった返しており、声は届かないが、活気のある様子がひと目でわかった。市井の住まいを過ぎ、ようやく城の門を出る。門衛は刖《あしきり》の刑を受けた罪人である。どこの門でもそうだった。丘陵地にある城から海に向かい、ゆるやかな坂道を馬車はくだる。陽に輝く藍色の海と、停泊する数隻の大きな船、港町が馬車の窓からうかがえる。港が近づくにつれて、蘭は不安になって啓をふり返った。

「あなたの言ったとおり、黥は隠していないけれど……ほんとうに、大丈夫?」

啓は、あえて城下に蘭の素性を知らせ、広めた。妃になった『海神の娘』は、処刑された桑弧家当主の娘であり、婢に落とされていた少女だと。

「処刑された桑弧の当主には同情の声が多い。当時は榮君の威光が強く、民も口をつぐむしかなかったが……彼はいたって清廉な当主であったというから」

啓は言う。

「臣下のなかにも、父の骸にとりすがって泣いていたそなたを覚えている者もいる。年端《としは》もいかぬ娘が、濡れ衣で父を処刑されて自らも黥を入れられ、婢にされたのだから、気の毒に思わぬ者はいない。何も知らぬ者はそなたを見て驚くだろうが、事情を知っている者であれば同情こそすれ、非難はしないし、知らぬ者にも教えてくれるだろう」

「……『かわいそうな娘』として気の毒がられるのは、あまり好きではないわ」

啓は微笑した。

「それを覆すのはそなたにしかできぬだろうが、私はそなたにならできると思う」

――簡単に言ってくれる。

だが、いやではなかった。啓の言葉も、微笑も。

＊

港町に着いて、啓は馬車を降りる。潮風が香った。城のなかでかぐにおいよりも、新鮮な気がする。啓はしばしば藍市に足を運ぶので、さほど珍しがられないが、今日は蘭が一緒だ。周囲の人々はざわめいている。なにせ、噂《うわさ》になっていた桑弧の娘である。遠巻きにした人々の瞳は、好奇と同情の色が混じっていた。

藍商いの監督者である藍尹《らんいん》に出迎えられて、藍市を案内される。啓と蘭には侍官が数人、ついてきていた。なかなかに大仰で、ひと目を集めている。とりわけ藍の衣に身を包んだ蘭の姿は際立っていた。蘭の清々《すがすが》しい美しさは、巫女ゆえのものなのだろうか。それとも生まれながらのものだろうか。彼女を見ていると、心が澄み渡る。そうしたものを、この場にいる人々も感じとるだろう。

「藍のにおいがするわ」

蘭が周囲を眺め、つぶやいた。この港町は藍の集積地だ。ここで値をつけられた藍玉や藍染めの糸、反物が、各地へと運ばれてゆくのである。他領だけでなく、遠い異国からの海商も多くやってくる。

藍はほかの領でも作られるが、花勒の藍が最もよい色をしている。技術というよりは、気候、氾濫による肥沃な土壌、水、そういったものの違いだろう。他領は花勒の藍栽培法や製法を知りたがるものの、門外不出とされて、秘されている。榮君は、他領の領主に藍種子が欲しいと乞《こ》われて、発芽せぬよう煎《い》った種子を渡したほどだという。

そんな話をつらつらとしながら進むと、広い堂が行く手に現れる。外に面した扉はすべて開け放たれて、なかに多くのひとが座して集まっているのが見えた。

「あれが藍市だ」

美しい海の色をした反物が積まれているのが見える。堂の表にはいくつもの竿《さお》に白布の旗が掛けられ、屋号が藍染めされている。紺屋や藍商の屋号である。青空の下、掲げられた旗がくっきりと冴《さ》えていた。

啓はこの光景を見るのが好きだった。むろん、そのために藍市に足を運ぶわけではないが。

「きれいね」と蘭が旗を眺めて言う。啓は、自然と顔がほころんだ。この光景のよさをわかってもらえたのがうれしかったのだ。

堂に入ると、商人たちがあわてて居ずまいを正したが、啓はかまわず取引をつづけるよう促《うなが》した。藍商には瑗《えん》という組織があり、それをとりまとめている頭目の皐落突《こうらくとつ》が啓のもとへ足早にやってきた。五十がらみの偉丈夫で、藍の長袍《ちょうほう》に身を包んでいる。啓とは旧知の仲である。突は啓の前でひざまずいた。

「お久しゅうございます、わが君」

丁寧に揖礼《ゆうれい》をして、蘭に対してもおなじように礼をとる。「お妃様には、はじめてお目にかかります。藍商の皐落突と申します」

啓は蘭に瑗という組織のことと、突がそこの頭目であることを説明する。突は蘭に愛《まな》娘《むすめ》を見るような穏やかなまなざしを向けていた。そのまなざしに、蘭は不思議そうに首をすこし傾ける。

「わたしのことを、ご存じなの？」

突はほほえんだ。

「あなた様のお母上を存じあげておりました。代々、お母上のご実家の出入り商人でしたので」

ふと、突の微笑にかなしみが混じる。

「お母上によく似てらっしゃる」

「そう……お母様に……」

蘭の表情には、懐《なつ》かしさよりも苦しみの翳が勝っていた。癒《い》えぬ傷口からまだ血が流れつづけているようで、啓の目には痛々しく映る。啓は蘭の腕にそっと手を添えた。蘭が驚いたように啓を見あげる。手を振り払われるかと思ったがそうはならず、啓をじっと見つめていた。

「わたくしはお邪魔でしょうな」

突が磊落《らいらく》に笑って、商人たちのもとへと戻ってゆく。

「あなたは、ここの商人とずいぶん懇意なのね」

蘭が啓を見つめたまま言った。

「なれあいにはならぬように努《つと》めてはいるが」

「あなたは……」

蘭はそのさきの言葉をまばたきに変えて、商人たちのほうに顔を向ける。

「ここでは海の向こうの国々の話も聞ける。異国の海商もいるから。訊《き》きたいことがあれば、訊いてみるといい」

「あなたも、そうして訊いているの?」

「そうだ。制度や商いの話から、暮らし向きの話まで。異国の書物を手に入れるのは高価でなかなか難しいが、話ならただだしな」

そう言うと、蘭はくすりと笑った。蘭の笑顔を見たのははじめてかもしれない。とても貴重な宝物でも得た気分になった。

「あなたって、お城にいるときより、ここにいるときのほうがずっとのびのびしているわ」

「そうか？　そうか……」

三家や兄たちに囲まれていると、どうしても緊張して息がつまる。言いたいことのひとつも言えない。それではいけないとは、わかっている。

「異国にも、藍染めはあるの？」

蘭は異国の商人たちを興味深そうに眺めている。

「ある。藍の品種の違いや、染料にするまでの工程だったり、染める方法だったりがさまざまに異なるが。蒅にするのはこちらのほうだけのようだ」

「え？　蒅じゃなかったら、どうやって染めるの？」

「泥藍だな。文字通り泥状になっている。あとは生葉を使ったり。運搬に適した藍玉は重宝される」

へえ……、と蘭は感心したように話を聞く。

「異国の藍について、訊いてみるか」

啓は蘭を伴い、商人たちのほうへと近づいた。その手前に台に積まれた藍染めの反物がある。海の色を掬《すく》いとったかのような青藍色は、島に暮らす者の心を強く引き寄せる。花勒の人間が昔から藍染めにこだわったのは、海の色を写しとりたかったからかもしれない。

啓は反物のひとつを手にとった。先染めの糸で変わった文様が織り出されている。はじめて目にする文様だった。格子のなかに虫を置いたような奇妙な文様で、美しいとは思えないのに不思議と目を惹《ひ》く。どこで織られたものか——。

そのとき、頭上で鳥の鳴き声がした。ヒィ、チョーチョビィチ、ジュジュ……軽やかで澄んだ、独特のさえずりが響き渡る。「台駘」と蘭がつぶやき、はっと啓の袖を引いた。

「それを捨てて!」

啓が訊き直す間もなく、蘭は啓の手から反物をはたき落とした。

「なにを——」

声は途中でとまる。床に落ちた反物のあいだから、黒い虫のようなものが這《は》い出《で》てきた。煤《すす》の固まりのようで、形は一定でなく、もぞもぞと脚をうごめかせて這っている。ふつうの虫でないことは明らかだった。周囲の商人たちが、ぎょっとしてあとずさる。

虫に翅《はね》が生《は》えた。それは飛びあがり、耳障《みみざわ》りな翅音《はおと》を立てながら啓のほうへと向かってくる。蘭が啓の前へ出た。耳飾りが揺れて、珠がこすれ合い、澄んだ音色を響かせる。乳白色の珠が、ゆらりと溶けて霞《かすみ》となる。蘭がそれに細い息を吹きかけた。白い霞が今度は水に変じて、鋭い弧を描いたかと思うと、虫を過たず貫《つらぬ》いた。

虫は四散して消える。気づけば虫の這い出てきた反物も黒々とした煤と変わり、霧散した。

「これは……いったい」

啓が呆然《ぼうぜん》としていると、

「穢《けが》れだ」

という声がどこからかあがった。堂の外に群がる見物人のなかから聞こえたように思えた。

「穢れは、海神のお怒りから生まれるものだろう」

「不祥な……」

「来年の藍は凶作か？」

ざわめきが四方に広がってゆく。人々の視線がちらちらと蘭に向けられるのがわかった。

――いけない。

よりによって蘭をつれてきたときに、こんな騒ぎが起こっては、蘭に不祥の妃の噂が立ってしまう。

だが、どうやって打ち消せばいいだろう。

「いまのは呪詛《じゅそ》だ」

啓が考えを巡らせていたとき、商人のあいだから、そんな声がした。年かさの男の声だ。白髭《しらひげ》をたくわえた、異国の海商らしき男だった。このあたりとは形の異なる袍に身を包み、彫りの浅い顔立ちをしている。

「反物に呪詛がしかけられていた。それを、妃が祓《はら》ったのだ」

白髭の海商は淡々と言う。知恵者らしい輝きを持つ瞳と、落ち着き払った口調には、説得力があった。彼の隣にいたやはり異国の海商の男も、うなずいた。こちらは四十過ぎくらいの歳だろうか。

「私も見ていた。ああした呪詛をよその国でも見たことがある」

ふたりとも、流暢《りゅうちょう》に花勒の言葉を使う。啓は蘭を見た。蘭はうなずき、「あなたに向けられた呪詛よ」と言った。

「私に……馬鹿《ばか》な」

海神に選ばれた領主を害すれば、神罰が下る。誰もそんな馬鹿なことはしない。――だが、歴史をふり返れば、そうとわかっていながら領主に刃を向けた者もいるのである。

「さきほどの反物を持ち込んだ商人が誰か、すぐに調べます」

藍尹が青ざめて言い、皐落突も「おい、ここに反物を並べたのは誰だ?」と配下に呼びかけている。ざわめきは、わけのわからぬ不祥への恐れではなく、呪詛を用いたのは誰か、という流れに変わっていた。啓はすこし安堵する。己に向けられた呪詛は薄気味悪いが、蘭を貶《おとし》めることにならずによかった、と思う。

「そなたに助けられた。ありがとう」

啓が言うと、

「台駘が教えてくれたから」

と蘭は言う。そういえば、そんな名をつぶやいていた。

「台駘とは?」

「海神の使い部。磯鶫の姿をしているわ。わたしの……そうね、付き添い役かしら」

蘭は商人たちのほうに目を向ける。

「さっきの海商たちが呪詛だと言ってくれて、わたしは助かったわ。わたしがあれを呪詛だと言っても、きっと信じてもらえなかった。わたしとかかわりのない、物知りな異国の商人の言葉だから、皆納得したのだわ」

海商はさまざまな国を渡るため、各地の事情に精通し、博識である。交易の利益だけでなく、彼らの知識もまた、島の人間にとっては貴重なものだった。異国の知識がよく入ってくるようになったのは、榮君の代で交易が盛んになったおかげである。

啓はさきほどの海商たちに歩み寄り、礼を述べる。

「あなたがたのおかげで、助かった。礼を言う」

「いえ、たいしたことではございませんので」

白髭の海商のほうが、鷹揚《おうよう》に謙遜《けんそん》する。身なりからすると、霄《しょう》の者だろう。大国である霄の海商はやり手が多く、商いの取引も大口で、海商のなかでも格上と目されている。

「しかし、呪詛を行った者を見つけるのは困難でございましょうな」と彼は言う。「反物ひとつ、こっそり置いてゆくのは誰でもできますから」

堂は扉すべて開け放たれているし、商人は取引に熱中している。ここにいる商人でも、通りすがりの者でも可能だろう。

「巫者《ふしゃ》ならば、わかるのでは？」ともうひとりの海商が言う。「そうした術があるはず」

「巫術師のような？」と白髭の海商が彼に問う。霄の国にいるという呪術者だ。

「花勒に巫術師はいない」と啓は言った。「呪術であれば、貞人《ていじん》という者が行うが」

「そうでしたな」

貞人の何者かが呪詛を行ったのだろうか、と啓は考え込む。

貞人たちをまとめているのは、占尹の桑弧羆《ひ》である。貞人が呪詛を行ったのであれば、羆が無関係であるとは考えられない。

啓は蘭のほうをふり向く。「そなたは、呪詛者がわかるのか？」

蘭は困ったような顔で首をふった。「いいえ。わかる必要がないから」

「必要がない？」

「あなたやわたしに呪詛など行えば、返ってゆくだけだもの」

「返って……呪詛返しか」

「海神に喧嘩を売っているようなものよ。無事ではすまないわ。――命じた者はべつとして」

啓はかすかにうなずく。呪詛は行った者に返る。その者に呪詛を命じた者がいたとしても、返るさきは実際の呪詛者である。

――貞人のなかで怪我《けが》を負うか、死んだ者がいないか調べよう。

そう考えて、藍市をあとにした。


翌朝、ひとりの貞人が路傍で死んでいるのが見つかった。外傷もなく、毒を飲んだ様子もなく、なぜ死んだのかはようとして知れなかった。人々は、花勒の君を呪詛したために、神罰が下ったのだと噂した。その貞人は占尹である桑弧罷の部下であったので、当然ながら呪詛に罷のかかわりが疑われたものの、証拠があるわけでもなく、罷も強く身の潔白を主張し、罪に問われることはなかった。しかし周囲は、綴衣や鳥冠すら、主君を呪詛するとはと罷を白眼視し、桑弧家はそれから凋落《ちょうらく》の一途を辿《たど》るのである。

ふり返れば、崩壊はここからはじまったのだと、のちに啓は思うことになる。

「侍人に、兄上の従者を？」

長兄の黎《れい》が、啓の侍人にと、己の従者を薦めてきた。名を無終《むしゅう》という。啓よりひとつ、ふたつ年下かと思われる、寡黙な青年だった。

「働き者で、目端が利きます。わが君の手足となって働いてくれることでしょう」

黎が言う。

「先日の呪詛の件もございますから、信のおける者をおそばにつけねばと考えていたのです。この者ならば、適任でございます」

長兄にそうまで言われては、啓も断るわけにいかない。だが、困惑していた。黎はいままで、己の手の者を、啓に押しつけるような真似などしたことがなかった。あきらかに無終は侍人になってからも黎の意向のもと、動くに決まっている。

――監視役か、間諜《かんちょう》か？

そう疑ってしまう。黎の顔を眺めても、その考えは読めない。

「素性は……？」

「もちろん、不確かな者ではございません。皐落突《こうらくとつ》の縁者ですよ。藍商の皐落突は、わが君もよくご存じでしょう。彼はその甥《おい》です。幼いころから藍商の小間使いとして働いていたといいますから、藍のことにもくわしゅうございます」

「突の……」

——兄上が突と懇意だとは知らなかった。

突からも聞いていない。釈然としない思いを胸に収めて、啓は無終を侍人として取り立てた。

たしかに、無終はよく気のつく働き者だった。動きにも受け答えにも無駄がなく、いつも邪魔にならぬ距離をとって控えている。明朗さに欠けるところが、かえって、つねにそばにいるがゆえのうっとうしさを感じさせない。

だが、優秀であればあるほど、兄が送り込んだ男であるということに引っかかりを覚え、信頼しきれなかった。

啓は、蘭に訊いてみた。

「あの男を、どう思う？　最近、召し抱えた侍人なのだが」

蘭は離れたところに控えて立っている無終を一瞥《いちべつ》して、

「水のようなひとね」

と言った。

「水？」

「透き通って、澄んだ水」

褒めているのだろうか、と啓は考える。

「それは、善い男だということか？」

「善人かどうかなんて、わたしにはわからないわ」

困ったように言ったあと、もう一度無終を見て、

「悪いひとのようには、見えないけれど」

と付け足した。

啓は、自分で訊いておきながら、蘭の返答が妙に気に入らず、むっつりと黙り込んだ。

蘭はけげんそうにしている。

「どう答えてほしかったの？」

「……わからない」

ほんとうに、わからなかった。悪人だという答えが返ってきたら、満足だったのか。いや、啓はただ、蘭がひとりの男を褒《ほ》め称《たた》えたように思えたのが、いやだったのだ。

それに気づいて、啓はひっそりと、ため息をついた。

＊

蘭は朝夕、沐浴《もくよく》する。海神へ祈りを捧げるためである。

屋敷には、『海神の娘』が沐浴するための、とくべつな浴場がある。それが祭祀場でも

あった。水に浸《つ》かり、祈るのだ。

衣を脱ぎ捨てると、蘭の背中にある、鱗のような痣が露わになる。白蛇の鱗のような痣は、託宣を受けたあとに現れたものだった。海神の泉に浸かったあとだ。

啓は、まだこれを目にしたことがない。

彼は昼間、蘭を訪ねてきたり、あるいは外へ連れ出したりはするが、夜にやってくることはない。蘭は、それをどう捉《とら》えていいか、わからない。これではまだ、婚儀を終えたと言えない。啓は蘭を娶る気がないのだろうか。疎《うと》まれている気はしない、と思うけれど、それは蘭の思い込みだろうか。では、自分はどうしたいのか。啓を受け入れたいと思うのか。

彼のことは嫌いではない。というよりも……だが、それを考えるたび、蘭の息は苦しくなる。家族の死に様が浮かびあがって。

――沐浴のあいだはいい。何も考えずに、心を空っぽにして、祈るだけだから。

水に浸かっているとき、背中は熱を持つ。鱗がうごめく気がした。目を閉じると、そのうち自分が白蛇に変わってしまうのではないかと、そんなふうに思えた。水のなかを自在に泳ぐ、美しい大蛇だ。陽の光が水を通り、鱗を銀色に輝かせる。蛇体が波打ち、優雅に水のなかを進む。そんな光景が、見たこともないのに、浮かんでくるのだ。

水からあがり、衣をまとうと、蘭はひとの姿を思い出す。手足があって、顔があり、髪から水がしたたり落ちる。

丁寧に髪を拭《ふ》き、乾かし、くしけずって結いあげてくれるのは、椒《しょう》である。蘭は鏡の前に腰をおろし、結いあげられてゆく髪を眺めながら、椒に問いかけた。先日、啓に侍人について訊かれたとき、なんと答えればよかったのだろう——ということを。

「まあ、奥方様」

話を聞いて、椒は笑った。

「奥方様は、お感じになったとおりにお答えになったまでですから、それでよろしゅうございましょう」

「でも、わが君は不機嫌そうだったわ」

「それはしかたがございません。わが君は、奥方様がほかの男をお褒めになるのが、面白くなかったのでございましょう」

「褒めたつもりではなかったけれど……どうして、褒めると面白くないの」

「簡単なことでございます。嫉妬《しっと》でございますよ」

「嫉妬?」

「さようでございます」

椒はおかしそうに笑っている。

「わたくしが予言いたしましょう。今夜あたり、わが君がいらっしゃるに違いありません」

「どうしてそう思うの？」

「どうしてもでございますよ」

蘭にはわからなかった。

だが、椒の言ったとおり、この夜、啓は蘭のもとへとやってきたのである。

「話をしたい」

啓は、そんなことを言った。

「話？　なんの……」

褥にもぐり込み、もう寝るところだった蘭は、寝台の上に座り直した。啓は寝台の端のほうに腰をおろす。

「神の話だ」

神妙な面持ちで啓は言う。口先だけではない真剣さと、切実さが声に籠《こ》もっていた。

「どうしてそなたが私の花嫁に選ばれたのか。海神はどういう意図でそうなさったのか、ずっと考えている。父の行いを——あの処刑を、海神は無言のうちに非難なさっておいでなのか。それゆえ、そなたを寄越して、父の行いを悔《く》いよと仰せなのか」

啓の横顔には翳が濃く、背中はさびしげだった。

「……海神は、そんな迂遠《うえん》なことをなさらないわ」

蘭は答えた。

「非難なさるおつもりなら、きっと花勒を滅ぼしてる。海神に意図はないの、あるのはそれを測るひとの意思だけ。ひとは偶然のなかに神意を測るものだから」

「偶々《たまたま》だというのか」

「そうよ」

そんな、と啓はうなだれる。蘭は寝台をおりると、啓のそばに近づいた。その隣に腰をおろす。

「そうして苦悩するあなたで、よかったと思ってる……そう言ったら、怒る？」

啓は顔をあげて蘭を見た。

「そんなことをすこしも苦悩せずに、ただ『海神の娘』を娶る領主でなくて、よかった。もしそうだったら、きっとそのとき、わたしの心は死んでいたから……」

蘭の素性を知ったあの婚儀の晩、啓は動転して閨を出ていった。ほかの娘だったら、どう思ったか知らない。でも、蘭にとっては、それでよかった。ああ彼は父のことを忘れていないのだと、そうわかったから。

「あの処刑のことを、忘れないでいてくれて、ありがとう」

蘭は啓の体を抱き寄せた。

「でも——あなたはつらかったでしょう。ごめんなさい」

啓が苦しんだぶん、蘭は救われた。だが、蘭は啓に苦しんでほしくないと思う。それは父や兄、母の死を軽んじることに思えて、蘭の胸は引き裂かれそうになる。それでも、啓には苦しんでほしくないと思うのだ。

啓は蘭の肩に顔をうずめた。

「そなたを愛《いと》おしいと思う……だが、そう思うことは罪だろうか。ふつうの夫のように愛したいと思うのは」

「罪であるはずがないわ。そんなことが……わたしのほうこそ……」

啓に惹かれるたびに、死んでいった家族の姿が浮かぶのだ。首のない父の骸が、血しぶきをあげる兄の骸が、宙に揺れる母の骸が――。

――赦《ゆる》しが欲しい。

そう切に願う。赦しをくれるのは、いったい誰だろう。海神か。

――いいや、違う。

蘭は啓の肩を抱く手に力をこめた。

赦しを与えるのは、自分自身のほかいない。己のほか、誰もそれはできないのだ。

「わたしは、あなたが夫となるひとでよかった。わたしも、あなたを愛おしいと思うから。そう思うことを、自分に赦したい」

「自分に……」

啓がうずめた顔を離し、蘭の顔を正面から見つめる。蘭は啓の頬に触れ、その肌を撫でた。黥などもちろんない、なめらかな肌だ。啓がおなじように蘭の頬に触れて黥をなぞったので、蘭は泣きたくなった。啓が手をとめる。

「これに触れるのは、いやか」

「いやじゃないけれど……わざわざ触れなくたって」

啓は顔を近づけ、唇で黥に触れた。やわらかな感触に胸が痺《しび》れたようになる。不思議な心地だった。すこしもいやではなかった。啓の心に触れた気がした。

肌が合わさるということは、心がしみ込んでくることだと、その夜、蘭は知った。

*

桑弧罷が占尹の官を降ろされ、朝廷を去って久しい。綴衣乙はますます増長し、いっぽうで鳥冠側は力を失いつつある。新たな占尹をはじめ、有力な官職をつぎつぎと綴衣家の一族に押さえられてしまったからだ。綴衣はこれを機に鳥冠を追い落とすつもりらしい。

綴衣乙は鳥冠と仲の悪い旅《りょ》に、あからさまにすりよっている。旅が発言すれば賛同し、さすがは右尹どのとおだてる。魂胆は明らかなのだが、旅はそれでも悪い気はしていないようだった。よくも悪くも、おだてられやすいひとなのだ。黎《れい》はそんな弟に苦々しい顔を隠さなかった。

啓は、朝廷の軋《きし》む音が聞こえる気がした。なにかの拍子に、大きく崩れる。そんな予感がしていた。足もとを瓦解《がかい》させるなにか。啓の脳裏をよぎるのは、藍市で己に向けられた呪詛だった。

いっぽうで、綴衣、鳥冠、桑弧が三すくみでおたがい牽制《けんせい》しあっていたころよりも、やりやすい面もあった。均衡を欠いているから、いずれもが啓を味方につけたがっている。鳥冠は力を取り戻すために、綴衣はほかの者を押さえつけておくために。啓は以前よりも発言しやすくなった。発言すれば啓の言葉はたびたび正鵠《せいこく》を射るので、彼らも真面目に耳を傾けるようになった。

軋む橋の上を歩くようななかで、不穏な予感を抱きながら、対処の仕様を考えていた。

――旅の挙措《きょそ》が肝要になってくる。

啓はそう考えていた。綴衣乙は旅を抱き込むことで鳥冠を揺さぶっているのだ。旅にはしっかりしてもらわねばならない。だが、彼は啓をいまだ弟だからと侮っているところがあり、啓が苦言を呈《てい》したところで聞きはしない。

――黎の兄上に意見してもらうか。

旅も、兄である黎の言うことは聞く。何事につけても、年長者を重んじ、年少者を軽んじるのが旅だった。

「承知いたしました。旅には釘《くぎ》を刺しておきます」

と、黎は請け合った。以前は啓にあれやこれやと口出しの多かった黎だが、このところは、そうでもない。なにを考えているのか、啓にはいまひとつ読めなかった。

啓は、ときおり蘭とともに藍市に出かけた。もう蘭の姿を物珍しく眺める者もすくなくなった。「お妃様、こちらの藍染めはいかがです？」などとすすめてくる商人もいる。

蘭の顔には、笑みがよく見られるようになった。啓にはそれが喜ばしいような、さびしいような心持ちだった。だが、蘭が啓に見せる笑みには、他者にはけっして見せない甘さがあり、それに気づいてからは、さびしさなどどうでもよくなった。

「わが君とお妃様は、たいへん仲睦《なかむつ》まじい」という噂は、城下だけでなく、領内に広まっているという。

「花勒の藍染めは、織りも刺繡も型染めも、とても精緻でしょう。どうして？」

藍市の反物を眺めながら、蘭が言う。海神の島の織物《おりもの》は、もっと単純なものだったのだという。

「交易品として好まれる。技巧がすぐれているほど、高値にもなる。だから皆、競って工夫するのだ」

へえ、と蘭は感心している。蘭はなんでも素直に感心する。その横顔がかわいらしいと微笑を浮かべていた啓は、ふと、外の人波に見知った顔を見つけた。いつか藍市で会った、霄の海商ふたりである。白髭の男と、もうすこし若い男のふたり。そのふたりが、花勒の男と歩いている。その男というのが、黎に見えた。三人の姿はすぐ人混《ひとご》みのなかに消えて、わからなくなる。

——見間違いか？

黎なら従者をつれているだろうし、ひとりで異国の海商たちと歩いているということはないだろう。そう思いつつも、妙な胸騒ぎがした。啓の脳裏に、藍市での禍々《まがまが》しい呪詛の様子がよみがえる。己に向かってきた、黒い虫の姿。

「どうかしたの？」

蘭が啓の視線を追う。

「いや……」

なんでもない、と啓は蘭のほうに向き直った。蘭はじっと啓の顔を見あげる。蘭はなんでも見通しそうな瞳をしている。

無言のまま、蘭は啓の手をとって握った。大丈夫だ、と示すかのように。

啓はほほえんで、その手を握り返した。蘭がそばにいると心強く感じられるのは、彼女が『海神の娘』だからなのだろうか。

たぶん、違うだろう。

その数日後だった。蒅《すくも》作りを見に行かないかという誘いを、黎から受けた。

「昔、父につれられて見に行ったでしょう。ひさしぶりに……」

啓は承知して、少々の侍人を供に、黎と連れ立って藍師の屋敷に出かけた。藍を育て、蒅を作る藍師の屋敷は、皆、川沿いにある。川の氾濫により豊かになった土壌で、藍を育てるのである。

ちょうどいま時分は、刈り取った藍の葉を発酵させる工程に入っている頃合いだった。寝床と呼ばれる、砂利や砂、籾殻《もみがら》、粘土を重ねて造った水はけのよい床の上で、藍の葉に何度も水を打ち、混ぜ合わせるのをくり返して、発酵させるのである。そうしてできるのが蒅だった。

藍師の屋敷では、やはり寝床に広げた藍の葉に水を打っているところだった。水を打つのは、藍師とはべつに水師という職人が行う。そのあと熊手《くまで》などの道具で葉をかき混ぜ、高く盛って筵《むしろ》をかけて、発酵を促す。その様子を眺めながら、啓は隣に立つ黎の顔を横目でうかがっていた。蒅作りを見物しようなどというのは口実で、なにか内密の話があるのだろうと思っていたのだ。だが、黎は一向に切り出す様子がない。

「兄上――」

しびれを切らして啓が水を向けようとしたが、

「懐かしいですね」

黎はそれを遮《さえぎ》った。

「旅も含めて、父上につれられて、これを見にきたころを思い出します。あのころ、私たちは皆子供でした」

「……ええ」

子供とはいえ、黎はそのころから分別のついた聡明な面差しをしていたが。

父のうしろに立って、黎と旅、啓の三人で、薬作りを見ていたときのことを、啓も思い出す。発酵の蒸気と、それに伴う独特のにおいが漂っていた。幼い啓はそのにおいが苦手で、兄や父の顔をちらちらと見あげていた。父は誇らしげな顔で薬作りを眺めており、旅は退屈そうで、黎は、真面目な顔で作業を見つめていた。幼心に啓は集中力に欠ける己を恥じて、熱心に見入るふりをした。小賢《こざか》しい子供だった。

兄上、と啓は声をかける。

「あのとき、私は発酵のにおいに辟易《へきえき》して、気もそぞろでしたが、そう見せまいとしていましたよ」

なぜだかふいに、そう告白したくなった。

黎は、啓のほうに顔を向けて、微笑した。

「私もですよ」

啓は胸の奥につんとした痛みを覚えた。この兄を、自分はたしかに慕っている。いっぽうで、信じ切れずにいる。それが苦しかった。この思いをすべて黎に吐露しても、それで黎を信じられるわけではない。黎はただ、さびしげに微笑するだけだろう。

啓は、先日、港町で見たのが黎なのかどうか、尋ねようとして、できなかった。

＊

『海神の娘』は、政に介入しない。だから蘭は、啓に政に絡む話はしないし、訊かないようにしている。その判別が難しいこともあるが。

どうも朝廷が落ち着かぬ様子らしい、というのはなんとなくわかるのだが、訊くわけにもいかない蘭は、もどかしかった。

蘭に世間話としてそうした話を聞かせてくれるのは、椒《しょう》やほかの侍女たちだった。いまや椒だけでなく、ほかの侍女とも、さすがに打ち解けている。だが、やはり最も親しみを感じるのは、椒だった。

その椒が、嫁入りのために侍女を辞すという。

当人から聞かされたときには寝耳に水で、蘭は仰天した。考えてみれば、年頃になった侍女は多く嫁に行く。侍女というのはそもそも、嫁入りのための行儀見習いでもあるのだ。

「さびしいけれど、おめでたいことだものね」

蘭が言うと、椒もまたさびしげに笑った。

「わたくしも、奥方様のもとを離れるのはさびしゅうございます」

「どちらへお嫁入りなの？」

何気なく訊いたことだったが、その返答に驚いた。

「桑弧家の御嫡男のもとへ……」

「えっ」

桑弧家嫡男――桑弧羆の息子のもとへだ。

蘭は椒の顔をまじまじと眺めた。椒は蘭の生家、桑弧家本家と親しかったと言っていた。蘭の幼いころも知っていると。父が処刑されたのは分家に謀られたのだと、憤っていた。それが――。

椒は薄い微笑を浮かべている。なにを考えているのだろう。わからない。蘭が『海神の娘』でも、そんなことは読みとれなかった。

「椒、あなた――」

「ご心配なく、奥方様。御嫡男はいいかたでございますよ」

椒はにこやかに笑う。

一抹の不安を覚えながらも、蘭は嫁入りの祝いとして玉の櫛《くし》を贈り、城を去ってゆく椒を見送った。

＊

屋敷でくつろぐ啓のもとに、無終がいつになくあわてた様子で駆け込んできたのは、秋も終わりに近づいた昼下がりのことだった。

「わが君、右尹《ういん》と司馬《しば》が——」

そう聞いただけで、啓は立ちあがった。

この日、ついに旅と鳥冠側が武力でもって衝突したのである。

「発端は、両家の家臣同士のいざこざだったそうです。主同士の仲が悪いので、家臣たちもおたがい顔を合わせれば剣呑《けんのん》な有様《ありさま》だったそうですが、昨夜酒場で殴り合いの喧嘩になったそうで……。それで双方が相応の罰を受ければよかったのですが、ここで綴衣家が出てきまして」

「綴衣の一門に、司敗《しはい》がいたな」

「まさにそこです。司敗のはからいで、右尹の家臣は無罪放免となりました」

綴衣乙は、右尹、つまり旅にすり寄っていた。乙の指示によるものか、司敗が気を回したのかわからないが、ともかくその一環だろう。

「それで？」

「おさまらないのが、鳥冠家です。司馬はあのとおり血の気の多いかたですから、いましがた家臣を引き連れて司敗の家を襲い、その足で右尹のお屋敷に向かっております。それを知った右尹がたも、武装なさって迎え撃とうと、お屋敷を出られたと――」

「馬鹿な」

啓は頭をかかえた。いずれもが、軽率すぎる。綴衣も、旅に配慮すれば鳥冠が黙っていないことぐらい、予測できたであろうに。それとも、そこまでしないと高をくくっていたか。鳥冠も鳥冠で、司馬が私怨《しえん》でいきなり武力に訴えるとは、あるまじきことである。旅も綴衣のよこしまな取り計らいを受け入れるとは……そのうえ、鳥冠に対抗して迎え撃つなどと。

啓は唇を噛んだ。

――最も軽率だったのは、私だ。

雲行きがあやしいと思いながら、司敗の官を綴衣一門に与えたままだった。せめてそれは、べつの者に任じ直すべきだった。

「君命として、鳥冠側と旅の矛を収めさせよ。綴衣乙を朝堂に来させるように。それから、黎をここへ」

は、と無終は拝礼し、足早に去っていった。入れ替わりのように、べつの侍人が駆け込んでくる。顔が蒼白《そうはく》だった。いやな知らせか、と身構えると、侍人が告げたのは、思いがけぬことだった。

「桑弧どのが、いましがた身罷《みまか》りました」

「なに？」

桑弧罷が死んだ。毒殺だという。

「毒だと……」

「嫡男の嫁が酒に毒を盛って殺したそうです。その者も毒をあおって死んだと知らせが」

「な――」

嫡男の嫁。それはたしか、以前、蘭の侍女を務めていた女ではなかったか。

――どうなっている。なぜいま。

その後、立てつづけに鳥冠側と旅の死亡が伝えられた。間に合わなかったのだ。

啓は、「綴衣乙はどうしている」と尋ねた。侍人は「まだ到着しておりません」と答えたが、その返答が終わらぬうちに、使者からの知らせが届いた。

朝堂に向かっていた綴衣乙の馬車が何者かに襲われ、乙は命を落とした、と。

――なにが起こっている。

ただごとではない。単に鳥冠と旅の諍いだけではない、なにかが起きている。誰かが仕組んでいる。

はっと、啓は声を張りあげた。

「兄上は――黎はどうした。まだ着かぬか」

なんの音沙汰《おとさた》もない。あの黎が。

――まさか、兄上まで。

啓はあわただしく屋敷から回廊に出る。朝堂に向かう前に、無終が戻ってきた。表情はこわばっている。

「兄上はどうした」

無終はひざまずく。

「左尹《さいん》は、海上でございます」

「なんだと?」

啓は無終の言葉を胸のうちで反芻《はんすう》し、あっと声をあげた。

「――出奔《しゅっぽん》したと申すか」

無終は頭を垂れた。この者は、知っていたのだ。

「そうか、海商……霄の海商か。その船だな。兄上は、いったいなにを――いや、どれが兄上の仕業だ。綴衣乙か」

出奔せねばならぬほどのことをしたのだ。ずいぶん前からの計略だろう。港町で海商と黎を見たと思ったのは、やはり見間違いではなかった。逃げる算段を、あのころから練っていたのだ。

「すべてでございます」

「なに?」

無終は顔をあげた。

「あなた様への呪詛が行われたときから、左尹は、こたびの策を考えておいでででした」

「こたびの……」

「三家と右尹の始末でございます」

啓は呻《うめ》いた。

「馬鹿な。それではまさか、すべて兄上の仕業だと申すのか」

「さようでございます」

「だが、鳥冠も旅も綴衣も、皆それぞれが勝手に……それに、桑弧は毒を盛られて……」

額を押さえる。頭が混乱していた。

「それぞれをつついたのは、左尹でございます。桑弧どのの嫡男にあの侍女を送り込んだのも、左尹です。はじめから、この日のために用意されていたことです」

「この日のために……。呪詛の件のときからだと申したな。あれは……」

「あれは桑弧どのの仕業。お妃様を陥れようとなさってのことです。呪詛を行った貞人が死にましたのでうやむやになりましたが、藍商の皐落《こうらく》どのは反物の出所を突き止めておいででした」

「皐落突《とつ》は、私に報告せず、兄上に相談をしたのか」

「いえ、左尹が先手を打って皐落どののもとをお訪ねになったのです。そこで話を——呪詛を行った証人が死んでしまっては、罪を追及するのは限界があります。むやみに騒ぎ立てて皐落どのが恨みを買ってはと案じられてのことです。それに、罪が白日の下に晒《さら》されずとも、疑いだけで桑弧どのは追い落とせると……実際、そうなりました」

たしかにそうだった。啓は沈黙する。

「ですが、桑弧どののなさったことは、一線を越えておりました。このまま行けば遠からず、わが君の害にしかならぬと左尹は恐れておいででした」

「……それで、こたびのようなことを考えたと？」

「さようでございます」

「右尹は……旅は、兄上にとって弟ではないか」

「それでも、除かねばならぬ害だとお考えになったのです。花勒とわが君にとって」

「私にとって？」

「左尹は、あなた様のお力を信頼なさっておいでです。聡明な名君になるおかただと」

「兄上がそう言ったのか？」

啓は信じられぬ思いで問う。黎のほうがよほど名君たる素質があり、彼からすれば、啓は頼りなく思えたことだろう。実際、そう思っているらしいそぶりはあった。

「たしかに左尹は、以前はあなた様をやさしいがゆえに頼りない、と思うこともおありだったそうです。ですが、このところのあなた様をご覧になって、自分はわかっていなかったと反省なさっておいでででした。わが君を萎縮《いしゅく》させていたのは、自分たちなのだと……」

——兄上が、そんなことを。

啓は、藍師の屋敷での黎を思い起こしていた。あの日、黎はなぜ啓を誘ったのか。

「左尹は、わが君がお力を奮うには三家もふたりの兄君もいないほうがよいと、そうお考えになったのです。そのほうが花勒のためであると」

だからといって、死なせずとも——と言いかけ、啓は黙り込む。黎は、もちろん、愚鈍でもなければ浅慮でもない。啓よりも賢く、思慮深い、気高いひとだった。それが、こんな真似をした。そうさせたのは、ほかでもない、啓なのだ。

「…………」

啓の害になるものを取り除いて、自分は異国に去った。自らが死ななかったのは、逃げたのではない。彼らを死なせたという重荷を、啓が背負うべき重荷を、黎が持っていったのだ。

啓の脳裏には、ともに菜《すくも》作りを眺めたときの、黎の微笑が浮かんでいた。

「兄上……」

啓はその場にくずおれた。

＊

蘭は、その知らせを侍女から聞いた。聞き込んできた侍女の顔も青ざめていた。

「嘘《うそ》」

蘭は二の句が継げなかった。三家、旅の死亡、黎の出奔、そしてなにより――。

――椒！

椒が死んだ？　桑弧罷を毒殺して。

「嘘……」

嫁ぐと告げたときの、椒の笑みが思い浮かぶ。さびしげな笑みだった。あのときから、そのつもりだったのだろうか。啓の兄と申し合わせて、桑弧罷を殺す目的で嫁いだというのだろうか。

――どうして。

「椒は、そなたの兄上を好いていたのだそうだ」

そう教えてくれたのは、啓だった。蘭のもとにやってきた啓は、悄然としていた。当然だろう。ひとりの兄は死に、もうひとりの兄は出奔した。

「ずっと桑弧罷に復讐《ふくしゅう》する機会をうかがっていた。だから兄上……黎と手を組んで、罷の息子に嫁ぎ、毒を飲ませた」

「毒……」

蘭は、庭に咲いていた夾竹桃を思い出す。それに触れようとして、椒がとめたときのことを。毒があるのだと。

椒が用いた毒がなにであるのかはわからないが、蘭は、あのときのことがまざまざと思い出されるのだった。

「そんなこと……」

蘭は顔を覆う。椒、と何度も呼んだ。

「私は兄上を信じていなかった」

気づくと、啓がすぐそばにいた。

「信じていたら、もっと違っていたはずだ。違った道があったはずなのだ」

啓はうずくまり、頭をかかえた。

「兄上に、父上とおなじことをさせた。いや、それ以上にひどい真似を。これは私の罪だ。私がそうさせたのだ。私は父上よりもひどい」

「わが君」

とっさに蘭は啓を抱きしめた。啓の肩が震えている。

蘭は啓の背中を何度も撫でさすった。いまさらそんなことを言ったってしかたない、などとは、思わなかった。すぐに受けとめるには、あまりにも大きな喪失だった。違う道があったのではないかと、どうしても考えてしまう。だが——ないのだ。どこをどうさがしても、与えられたのは、このいましかないのだ。

「あなたが生かした命も、生かす命も、きっとあるわ」

蘭は言った。

「すくなくともあなたの兄上を生かしたのは、あなただから……」

啓の力を信じたから、黎はここを出ることができたのだ。そうでなかったら、もしかすると、誰も生き残らなかったかもしれない。啓でさえも。

啓は深い息を吐いた。蘭はただ、その体を抱きしめた。

＊

冬になり、藍師たちのもとで蒅が仕上がる時季となった。港町では藍大市が開かれ、商人たちで賑わう。

市には藍玉の見本が並び、出来によって値がつけられる。今年は藍草が豊作で、蒅の仕上がりもよい。藍玉は藍師の屋号が入った叺《かます》に詰められ、船に積み込まれてほうぼうに運ばれてゆく。そうした何隻もの船が港を出て行くさまは、壮観だった。

「今年は天候に恵まれて、藍粉成《こな》しがうまくいきました。それでいい蒅ができた。海神からのご祝儀でしょうな、お妃様のお嫁入りへの」

皐落突が大きな口を開けて笑う。藍に高値がついたので、機嫌がよさそうだった。啓も笑った。

藍粉成しは、収穫した藍を天日の下でよく乾燥させることが大事で、からりとした好天がつづかねばうまく乾かない。乾燥がじゅうぶんでないと、いい蒅はできないので、天候は重要だ。

活気のある市の様子に、蘭もいくらか気が昂《たか》ぶった顔をしていた。頬が上気している。

「ふだんの藍市より、ずっとひとが多いわ」

「それはそうだ。一年のうちで、藍を出荷するいまが最も交易が盛んになる」

啓は自然と、海商のなかにあのふたりをさがしている。黎に協力した胥の海商だ。いつかふたたびやってくることがあるのか、それとも二度とないのか。

皐落突の顔をちらりとうかがう。彼が黎と海商のかかわりを知らなかったとは思えない。むしろ、双方の仲立ちを務めたのは突だろう。

「そなたのほうに、なにか知らせは入っておらぬか」

誰から、と言わず、啓は突に尋ねた。突は笑みを浮かべて、ゆっくり首をふった。

「いずれ、ございましょう」

それだけ言った。

「そうか」

とだけ、啓も答えた。執政者をことごとく失った朝廷は、いっとき荒れたが、いまは落ち着いている。啓は家門にこだわらず前もって才に目をつけていた者たちを卿に選び、執政の席に据えた。いずれも忌憚《きたん》なく意見を述べてくれる者たちである。三家や兄たちの顔色をうかがう必要もなくなったいま、啓は父のような独善に陥《おちい》るのを恐れていた。

機嫌をうかがう相手がいなくなってはじめて、啓は父の胸のうちがわかるような気がした。為政者とは、たったひとり、すがる手もなく、闇のなかを歩くようなものだ。間違った道に足を踏み入れていても、己では気づけない。

蘭がそっと、啓の腕に触れた。啓は彼女を見おろし、その手に己の手を重ねた。


蘭はのちに男児を二子産み、長男に跡継ぎの託宣がおりた。啓は、ふたりの男児にそれぞれ黎、旅と名づけた。

啓の治世は、ときおり藍の不作に見舞われたものの、その都度《つど》乗り切り、大きな災厄も過失もなく過ぎた。啓は海神の加護の厚い君主であると讃《たた》えられて、その生涯を終えた。

蘭が死んだのはそれから半年後のことで、その死に際して、飛び立つ鳥を見たという者がすくなかった。鳥は死んだ者の魂を運ぶ。飛んでいったのは、青と赤褐色の羽毛が美しい磯鵯《いそひよどり》であったという。

台駘《たいたい》は、蘭の魂をつれて、海神の島へと降り立つ。巫女王の待つ、海神の宮へと。

*

巫女王は、名を霊子といった。十四、五の年頃の姿をした、美しい少女だった。その姿は、かつて蘭に託宣を下したときと、すこしも変わらない。

霊子は海神の泉に身を浸し、磯鵯のさえずりを聞いた。

「ああ、娘がまたひとり死んだのね」

扉から磯鵯が飛び込んできて、霊子は手を伸ばす。

「台駘」

磯鵯が霊子の手にとまる。泉のほとりにある灌木《かんぼく》に白い蕾《つぼみ》がつき、見る間にふくらみ、大輪の花を開いた。霊子は感嘆の吐息を漏らす。台駘を羽ばたかせると、木に近づき、その花を手折《たお》った。

「なんて美しい……。きっと幸せな生涯を送ったのね。海若《かいじゃく》が喜ぶわ」

霊子はその花を泉に浮かべた。花は水面に触れると同時に白い魚へと姿を変じ、鱗を輝かせて泳いだ。魚の姿はすぐに見えなくなる。海神のもとへと旅立ったのだ。

霊子は海若——海神が歓喜するのを感じとる。泉は、海神に通じている。

「海若。あなたが喜ぶと、わたしもうれしい」

霊子は水面に顔を近づけ、愛おしげにささやいた。

丹《に》の島の死人姫

「雨果《うか》の君、然《ぜん》のもとへ嫁ぐがよい」

それが瑤《よう》に下された託宣だった。

瑤は、十四歳のか細い少女だった。このあたりにはめずらしい、銀色の髪をして、いつも不安げに下を向いている。

託宣ののち、瑤は巫女王に仕える媼《おうな》に、奥の宮にある泉につれてこられた。髻《たぶさ》をほどかれ、衣を脱がされ、一糸まとわぬ姿で泉に入れられる。水はぬるかった。濡れている感じがしない。不思議な泉だった。泉のほとりには牡丹《ぼたん》のような木があり、花影が水面に落ちていた。その木の陰、泉のなかに半身を浸けた、巫女王がいた。瑤とおなじく裸身であり、髻もほどいている。つやのある美しい黒髪が、水面に広がっていた。

巫女王、霊子《れいし》は瑤を見て、微笑した。

「美しい子、おまえはきっと雨果の君に愛されるわ」

霊子はそう告げた。託宣なのだろうか。瑤にはわからなかった。言葉を返したほうがいいのかまごつくうちに、霊子はすぐそばまで近づいてきた。額に白い鱗のような痣があるのがわかる。螺鈿のようにきらめく、美しい痣だった。

霊子は濡れた手で瑤の頰に触れる。やわらかいが、冷ややかな手だった。

「幸せにおなり。それが海神とわたしの願いだから。そして、戻っておいで。美しい魂となって、ここに――」

鳥の羽ばたく音が聞こえた。冠鷲《かんむりわし》が、上を旋回している。その羽が一枚、ひらりと水面に落ちた。

*

ひどい嵐の夜だった。

雨果の領主、然は岩場に立ち、黒くうねる海を眺めていた。

――海神が拒んでいるのか……。

『海神の娘』を寄越すことを。

然のいる岩場は潮だまりで、ふだんは波の穏やかな場所だ。それが一変し、大波が押し寄せ、砕ける荒れようである。波と雨で然はずぶ濡れになっていた。目印となる篝火もとうに消えている。

海神の島からやってくる舟を、今宵、迎えるはずだった。それが、夜半から急に大風が吹きはじめ、あっというまに嵐になった。これでは、『海神の娘』を乗せた舟は、ひとたまりもないだろう。本来、海神の島から舟がやってくるときは、海は静まりかえり、ただ一筋の月光が道のように海上を照らし、導いてくれるものであるのに――。

「わが君……！　もう、おさがりください。これでは、わが君まで波にさらわれてしまいます」

祭祀官が声を張りあげる。然は腕をつかまれ、波打ち際から離された。黒々とした海は、然をつかまえんとするかのように、つぎからつぎへと波を寄越した。

齢《よわい》二十四になる然は、大柄な偉丈夫である。肌はよく陽に灼《や》け、筋肉はその下ではち切れんばかりに盛り上がっている。胸から腕にかけて、格子で鱗を模《も》した文身が施されており、汗がにじむとそれが艶《あで》やかに照り輝く。太陽の強い輝きがよく似合う青年だった。

山がちでひとの住める土地のすくない島である雨果は、島の大きさに対して民の数はそう多くなく、鉱山があるため貧しいわけではないが、耕作地に乏《とぼ》しいので著《いちじる》しく豊かでもない。領主といえども漁の網を引き、船を修理し、山から切り出した木を浜まで運ぶ。とりわけ然は製塩の労苦もいとわず、漁撈《ぎょろう》にも精を出し、よく働いた。島の隅々《すみずみ》まで巡り、砂鉄や丹《に》の鉱山にも足を運び、島民の暮らしに目を配った。当然ながら島民たちからの信頬は厚い。

然に限らず、島の男は皆、頑丈だった。がっしりとした体に文身を入れ、髻は結わずにうしろでひとつにくくる程度である。衣も祭祀と婚儀のとき以外は、文様もない麻の衣をまとう。領主とても、ふだんはさして豪奢《ごうしゃ》な衣を着るわけでもなければ、金銀珠玉を身につけるわけでもなかった。

ただ、海神に愛された者が領主であることは、ほかの領と変わりなかった。

嵐の翌朝、浜に打ちあげられた娘がいるという知らせを受けて、然は海辺へと急いだ。漁師たちが浜に集まり、汀《みぎわ》を遠巻きにしている。然が来たのを見て、道を空けた。昨夜の嵐が嘘のような穏やかな波が、するすると打ち寄せては引いてゆくのが見える。そこに、ひとりの少女が倒れていた。然はあわてて駆けだす。

「どうして誰も介抱しておらぬのだ。早く――」

言いかけたとき、鋭い鳴き声とともに一羽《わ》の鷲が急降下してきた。鷲は倒れた少女の前に舞い降り、大きな翼を広げて、然を威嚇した。

「あの鷲が邪魔をして、助けられねえんです」

漁師のひとりが言った。

翼を広げた鷲は、少女の姿を隠してしまうほど大きかった。頭のてっぺんは黒褐色で、頬は灰色、後頭部に白斑《はくはん》の入った短い冠羽がある。嘴は灰色で、その根元から目の周囲にかけては黄色い。体の羽毛は褐色に白斑であった。冠鷲だ。

然はかまわず歩み寄る。鷲は嘴を開いたが、黒い瞳でじっと然を見つめると、広げていた翼を折りたたんだ。とと、と横にのいて、少女の姿を見せるようにする。

少女は裸体だった。おそらく波にもまれるあいだに、衣は脱げてしまったのだろう。白い体を覆うように、長い髪が貼《は》りついている。銀髪だった。めずらしい髪色だ。遠い昔、異国から渡ってきた人々の末裔《まつえい》なのだろう。その髪のあいだから見える背中に、白い鱗のようなものが見えて、ぎょっとする。だが、しげしげと姿を検分している場合でもなかった。然は少女を抱き起こし、息をたしかめる。息はあった。胸も上下に動いている。

——生きている。

おそらくこれが『海神の娘』に違いない。あの嵐で死なずにすんだのも、ここに打ちあげられたのも、海神の思し召しだろう。然は己の衣を脱ぐと、少女の体を包んで、抱えあげた。少女の体はか細く、ひどく軽い。子供のような軽さだった。領内の女は頑健《がんけん》で、骨が太く、しっかりとしているので、然は驚いた。それとも、ほんとうにまだ子供なのだろうか。そんな少女を、海神は妻に寄越したというのだろうか。

——冷えている。

少女の体は冷たかった。夏とはいえ、ひと晩海を漂っていたなら、体は冷えきっているはずだ。早くあたためなくては。

然は侍人にさきに戻って湯を沸かすよう告げ、屋敷へと戻った。

＊

瑤は、あたたかな寝床で目を覚ました。

ぼんやりとした頭で、自分は死んだのだろうか、と考えた。海神の島を離れ、雨果に向かう途中、嵐になった。舟は転覆し、瑤は海に投げだされた。気が遠くなるなか、ただ体をくるむ水の冷たさを感じていた。

嵐になるなど、誰も想定していなかった。なぜなら『海神の娘』が嫁ぐときは、海神に守られているからだ。海は静まり、追い風だけがゆるく吹く。空は晴れ、月光が行く先を照らす。そのはずだった。

――それなのに、どうして。

はあ、と息を吐くと、頰に熱が戻り、瑤は自分が死んでいないことに気づいた。やわらかな褥にくるまれている。まばたきをくり返して、周囲の様子をうかがった。室内のようで、高い天井が見える。窓から入る陽光であたりは明るく、朱で文様を描いた土壁や、丹塗りの柱、赤漆の厨子《ずし》がよく見えた。

――赤い……。

瑤は海神の島で見た夕陽を思い出した。

「目が覚めたか」

ふいに男の声がして、瑤はびくりと震えた。扉を開け放した入り口に、若い男が立っていた。よく陽に灼けた大柄な青年で、黒髪をうしろでひとつに結んでいる。渦巻き文様を織り出した薄茶の衣、衿は赤褐色で、青や緑の縞《しま》模様の帯を締めていた。短い袖とゆるく合わせた衿から、格子文様の文身が覗いている。

青年が大股《おおまた》に近づいてきたので、瑤はあわてて身を起こして、うしろにずりさがった。瑤がよほど怯《おび》えた顔をしていたのか、青年は立ち止まり、「怖がらなくていい」となだめるように言った。

「ここは雨果の領主の屋敷だ。そなたは浜に打ちあげられていた。わかるか？」

「雨果の……」

瑤はかすれた声でつぶやく。

「俺は領主の然だ。そなたは『海神の娘』だろう？」

——雨果の君。では、このひとが……。

瑤は然の顔をじっと見つめて、うなずいた。然は微笑を浮かべる。膝に手をついて、瑤の目線に合わせた。

「名前は？」

「……瑤」

「瑤か。歳はいくつだ?」

「十四」

然は困ったような顔をした。なにか変なことを言っただろうか、と瑤は不安になる。

「ほんとうに子供なのだな。いったいどうして……。そなたくらいの歳の子が嫁ぐことは、よくあるのか?」

わからない。瑤は首をふった。

「そうか。起きたとたんに、あれこれ訊いて悪かった。疲れたろう。元気が出るまで、休んでいなさい」

小さな子に言い聞かせるような調子で言って、然はきびすを返す。

「侍女をひとりつけるから、なにか欲しいものがあれば――ああ、腹は空いてないか? 空いているだろう。用意しよう。水はそこにある」

然は台にのせた水差しを指で示すと、出ていった。瑤は深い息を吐く。水を飲もうと水差しに手を伸ばして、はじめて自分が真新しい衣に身を包んでいることに気づいた。藍の衣だ。嫁いでくる瑤のために用意されていたものだろう。杯に水を注ぎ、ひとくち飲むと、いくらか気持ちも落ち着いてきた。

しばらくしていいにおいがしてきたと思ったら、侍女が漆器の椀をのせた膳《ぜん》をささげ持ってきた。白身魚と蓼《たで》の羹《あつもの》だった。匙《さじ》ですこしずつすくって口に運ぶと、体のなかからあたたまってくる。

侍女は十五、六歳くらいのおとなしそうな娘で、「扉の外に控えておりますから、いつでも御用を申しつけください」と言った。

それから数日を、瑤はその室で過ごした。然がやってくることもなかった。ときおり中庭を歩く以外、出歩くこともなく、接するのは侍女だけだった。

侍女は、名を舒《じょ》といった。瑤にうるさく話しかけることもなく、ふだんは室の外に座り、なにをしているのかと思えば、苧《お》を績《う》んでいた。苧の茎を剥《は》いでとりだした白鬚のような繊維を、細かく裂き、撚《よ》って糸にするのである。瑤も海神の島でやっていたので、わかる。苧の糸で織った布は麻よりも薄い。

舒は床に座り込み、苧の繊維を細かく爪で裂いては、それを撚り合わせて一本の糸にする。手慣れた様子だった。戸口から覗き込んでいる瑤に気づいて、舒は恥ずかしげに顔を伏せた。瑤は無言で隣に座り、繊維の束を手にとる。左手の指に絡めて掛けて、右手の指の爪を使って手早く裂いてゆく。この苧の糸は青白く、美しい輝きを持っていた。草の種類や繊維の干し方によって、この色合いは異なるのである。

「お上手ですね」

舒が驚きと感心の合わさった声をあげる。「奥方様が苧績みをなさるとは思いませんでした」

「『海神の娘』なら、誰でもすると思うけれど……」

驚いたのは瑤のほうだった。すくなくとも瑤が過ごした海神の宮では、周囲の娘は皆こうして麻や苧を績み、機を織っていた。神御衣《かんみそ》を捧げるためだ。いままで雨果に嫁いできた『海神の娘』は、しなかったのだろうか。

「わたくしは、『海神の娘』の御方は、わが君の母君しか存じあげません」

「そのかたは、苧績みや機織りはなさらないの？」

舒は、あいまいな、複雑な笑みを浮かべた。困ったように視線をさまよわせる。「ええ、まあ……」

瑤は首をかしげた。舒の浮かべた感情がよくわからなかった。

「わが君の母君は、どちらにいらっしゃるの」

「このお屋敷にはいらっしゃいません。東のお屋敷に、弟君と一緒に暮らしておいでです」

「弟君がいらっしゃるの」

瑤は、なにも知らない。然が領主なのだから、彼の父、先代の領主が死んでいるのはわかる。母親である先代の『海神の娘』は、生きていて、次男とともにべつの屋敷で暮らしている――それがふつうのことなのか、変わっているのか、瑤にはわからなかった。

「母君は、花陀のご出身なのですよ」と舒が教えてくれる。それならば、瑤とおなじだ。

だが、瑤はなんとも答えなかった。

「わが君は、このお屋敷で暮らしているの？」

「そうですよ」

当たり前だ、と言いたげに舒は目をみはった。

「じゃあ、どうして、ここにはやってこないの？」

「奥方様を怖がらせないためですよ」

瑤は舒の顔を見つめた。

「奥方様はずっと海神の島で暮らしていらしたのですから、男の姿に慣れてらっしゃらないでしょう。それに、雨果の男は大柄ですから。恐ろしく思うのも無理はないと、わが君が。奥方様が元気になられて、こちらの暮らしに慣れるまで、あまり近寄らぬほうがいいだろうとの仰せです」

瑤は、一度見たきりの然の姿を、あまり覚えていない。目が覚めたばかりだったし、動揺していて、顔もよく見なかった。大柄で、たしかにすこし怖かったのは、覚えている。

舒はほほえんだ。

「わが君は、おやさしい御方ですよ。わたくしは、もともと小間使いですが、奥方様の侍女にはおなじ年頃の娘のほうがよかろうと、わが君が仰せになって、侍女になりました。

それに、こちらの用事をするのは年少の豎《じゅ》（小姓）ばかりで、大きな男はおりませんでしょう。これもわが君の取り計らいです」

瑤は黙って苧の束に目を落とした。裂いた繊維が、陽光に照らされた波のようにきらめいている。

思い出すのは、然の声だった。太く、張りのある声をしていたが、やわらかく響く声でもあった。

「奥方様がよいとおっしゃったら、わが君はいらっしゃいますよ。そうお伝えいたしましょうか」

瑤は、小さくうなずいた。然が怖くないと思ったわけではなかった。『海神の娘』として嫁いだ以上、怖いなどと言って気遣《きづか》いに甘えているわけにもいかないだろうと思ったのだ。

昼下がりに、然はやってきた。やはり瑤に気を遣ってか、侍人なども引き連れていない。ひとりだ。瑤は舒とともに床に座り、苧績みをしている最中だったので、室に入ってきた然をただぼんやりと見あげていた。

舒があわてて苧の束を片づけ、場所を空ける。然は片膝をついて、瑤の顔を覗き込んだ。間近に見る然の顔立ちは、体つきほど厳《いか》めしくはなく、鼻筋が通って美々しい。その顔に、やさしげな微笑を浮かべていた。幼子を見るかのようなまなざしだった。

「聞いていたとおり、上手に苧を績むのだな。驚いた」

瑤はなんと答えていいかわからず、もぞもぞと指から苧の束を外した。

「外に出てみるか。歩かねば、足が弱る。どうだ?」

――外……。

外というのは、どこのことだろう。瑤は助けを求めるように舒のほうを見たが、舒はただにこにこしているだけだった。

「ひとの多いところは、怖いだろう。岬に行くか。海が見える。海神の島も見えるぞ」

瑤は、ともかくうなずいた。よし、と言って然は手を差しだす。瑤はその手と然の顔を見比べた。然は苦笑して瑤の手をつかんだ。ごつごつとした大きな手だった。瑤の体がこわばり、顔は青ざめる。然はすぐに手を放した。

「怖いか。悪かった。案ずるな、いやなことはしないから」

然はそう言い、瑤が動揺を静めて立ちあがるのを辛抱強く待った。ひとに慣れぬ野犬を見守るかのような様子だった。

瑤はうつむき、然のあとをついていった。屋敷の裏門を出ると、広々とした丘陵地があり、低木と草が生い茂っている。大小の岩があちこちに転がっていた。岩は赤茶けている。遠目に見ると、野原が血に染まっているように見えた。

「あれらの岩は丹の母岩だ」

然が言った。

「丹？」

瑤が口を開くと、然がちらりとふり返り、笑みを浮かべる。

「朱砂《しゅしゃ》だ。それを使って物を赤い色に塗ったり、染めたりする。薬にもなる。冶《や》して金を生む。金の石は沙文の島で多く採れるが、混じりけのない金にするには丹が欠かせぬ。この島は丹が採れる鉱山が多い。海神の恵みだ」

瑤は、室内の壁などに赤い色で文様が描かれているのを思い出した。ああして使うのだろう。

「こちらの島々では塗料や染料に使うことが多いが、遠い異国では貴重な霊薬として扱われるそうだ」

「霊薬……」

「だが、海神からの恵みは、貪《むさぼ》れば罰がくだる。欲をかいて採りすぎてはならぬ。坑道は崩れやすいし、長くいれば体を壊す。薬は毒とおなじなのだ」

「毒……」

霊薬なのか毒なのか、瑤にはよくわからなかった。欲深さは海神の怒りを招く、そういうことなのだろう、とだけ理解する。

歩くうち、足もとは岩が多くなる。瑤は麻鞋を履いていたが、滑《すべ》りやすく心許《こころもと》ない。

然もおなじような麻鞋だったが、すいすい進んでゆく。なにが違うのだろう。然はたびたび立ち止まり、瑤が追いつくのを待った。

「慣れぬうちは、岩場は歩きにくかろう。足は痛まぬか。擦れてないか」

瑤は肩で息をして、その場に立ち尽くした。足を見おろす。然の言葉は当たっていて、踵《かかと》や指が擦れて痛かった。察した然がしゃがみ込み、「痛いか」と足を見やった。瑤は力なく首をふる。『痛い』と言ってはいけないと思っていた。

「無理せずともよい」

然は笑い、「しばらく、許せ」と言ったかと思うと、ひょいと瑤を抱えあげた。子犬を抱きあげるがごとく、易々《やすやす》と。

瑤は驚いたが、怖がるより前に、広がる景色にあっと声をあげた。視線がうんと高くなり、空が近づき、海が見えたのだ。

岩場の岬の向こうに、海があった。潮風がゆるく頰を撫でる。瑤は然の肩につかまった手に、自然と力がこもった。

昂揚《こうよう》した瑤の気持ちが然にも伝わったらしく、彼はほほえんでいる。瑤は、大人の男に触れて、怖くもなく、嫌悪も感じないのは、はじめてだった。

――この娘は、いったいどういう素性なのだろう。

然は、そう思わずにはいられなかった。瑤を抱えたまま岬の端まで行き、海を眺めている。広々とした海は、瑤の心を和ませたようだった。こわばっていた表情が、やわらいでいる。銀色の髪は、舒が結ったのだろう、うしろで三つ編みにされており、ほつれた髪が潮風にそよいでいた。美しく整った顔立ちをしているが、肌は青白く、瞳や表情には生気が乏しい。十四という歳よりも体は幼く、か細い。海神の宮で酷く扱われていたとも思われないから、それ以前の暮らしのせいか。

銀髪の民は、隷人であることが多い。労役に使われるのではない。男女問わず、珍重される獣のように、愛玩《あいがん》されるのである。とりわけ幼児は、従順に躾《しつ》けることができて、他人の手垢《てあか》がついていないからと、好まれるのだという。吐き気《はけ》のするような理由だった。然は銀髪の隷人を花陀に渡ったときくらいにしか見たことはないが、いずれも金銀珠玉で美しく着飾られて、死んだような瞳をしていた。花陀は、そうした領だった。

＊

「あ……」

瑤が上空を見あげ、声をあげる。大きな鷲が真上を旋回していた。

「あれは、そなたが浜に打ちあげられたとき、そばにいた冠鷺だな」

「啾啾《しゅうしゅう》」

瑤がつぶやくと、鷺が甲高《かんだか》い声で鳴いた。

「啾啾？　それがあの鷺の名前か？」

瑤はうなずいた。「海神の使い部……」

「海神の？　なんと。それは、丁重に扱わねばならぬな」

然の言葉に、瑤は彼をまじまじと見て、ほんのすこし、笑った。

「啾啾は、わたし以外のところには、やってこないから……」

「では、俺が呼んでも来ないのか」

つまらんな、と言うと、瑤は今度こそ、おかしそうに笑った。

――よかった。ちゃんと笑える娘だ。

然はいくらかほっとする。瑤はあまりに弱々しく、然はまず彼女を健《すこ》やかにしてやりたいと思っている。滋養のあるものを食べさせて、陽にあたらせ、歩かせるのがいいだろう。

嵐のせいで婚儀が成り立っていないのではないか、というのが気がかりではあったが、仕方がない。まずは瑤を健やかにしてやることがさきだ。海神とて、大事な娘だ、無理に婚儀を進められるよりは、そちらを望むだろう。

婚儀が遅れることで、また東の屋敷のほうが、面倒なことになるやもしれぬが――。

＊

瑤は、物心ついたころには、すでに花陀の豪商の愛玩物だった。

豪商の言ったことがほんとうであれば、瑤は赤子のときに親に売られたという。売られたのか、取り上げられたのか、攫《さら》われたのか、実際のところはわからない。ともかく親の手から隷人商に渡り、豪商に売られたことは間違いがなかった。

豪商は瑤を飾り立てて宴《うたげ》に侍らせ、歌舞音曲を仕込んで披露させた。思いどおりにならぬときは、爪のあいだに針を突き刺された。罰を与えるときも、体に傷の残らぬ方法をとったのである。

海神からの使者がやってきたのは、瑤が十歳のときだった。初潮が来る前に迎えがあって、幸いだった。瑤が子供を産めるようになれば、豪商は銀髪の隷人と番にさせて、子を産ませるつもりだったのだ。その子供を瑤のように仕込んで、瑤が用済みになれば廃棄したのだろう。飽きられたり、不興を買ったり、容色の衰えた隷人はただ捨てられる。花陀の者たちは銀髪の隷人を妾《めかけ》にしたりはしない。どれだけ可愛《かわい》がっていても、犬や猫を妾にする者がいないのと同様に。

海神の島で暮らしはじめてからも、瑤は爪のあいだに針を刺される夢をよく見た。針で目を刺してやるぞと脅されたときを思い出した。豪商やその客人に体中を撫で回される感覚がよみがえり、しばしば吐いた。

いまでもそうした夢を見て、うなされては、叫び声をあげて起きる。まだ夜も明けきらぬなか、舒《じょ》が驚いて隣室から飛んでくる。雨果に来た当初、気持ちが落ち着かぬためか、そんな晩がつづいたが、しばらくたつと治まってきた。ことに、然と昼間ともに過ごしたときなどは、ゆっくり眠れた。舒がそれを伝えて、然は暇を見つけてはやってきてくれるようになった。瑤は食事をちゃんととれるようになったし、肌の血色もいくらかよくなってきた。

「鶉《うずら》と蓼の羹ですよ」

舒が膳を運んでくる。羹のほかにも鱸魚《すずき》と野蒜《のびる》の膾《なます》、芹《せり》の菹《そ》（酢漬け）、黍飯《きびめし》などが膳には所狭しと並んでいる。ここで出される料理はいずれも美味なうえ、羹に膾、炙《あぶ》り肉に青菜の漬物など、いくつもの種類がすこしずつ盛られているので、食の細い瑤でも食べきることができた。瑤のために工夫が凝《こ》らされている。その思いやりがよく伝わり、瑤も食欲が湧《わ》いてくるのである。

然はやさしいひとだと、舒が言ったのはほんとうだった。日がたつごとに、瑤はそう感じる。

食事を終えたあとで、瑤は中庭に出た。ぐるりと回廊に囲まれた庭は、中央に四角く囲われた池がある。蓮《はす》の花が蕾をまっすぐ伸ばしていた。回廊の柱は丹塗りで赤く輝き、壁にも赤い文様が描かれている。瑤は池を囲む石の欄板に手を置き、水面を覗き込んだ。ときおり、啾啾は魚に変じてここを泳いでいるからだ。だが、その姿はなく、代わりに水面には鳥の影がよぎった。啾啾ではない。もっと小さな鳥だ。か細い鳴き声がした。

瑤は鳥の姿を目で追いかけ、小鳥が向かいの回廊の屋根にとまるのを見た。腰赤燕《こしあかつばめ》だ。黒い羽毛に、腰のあたりだけが赤褐色をしている。だが、その燕は羽毛につやがなく、すすけたように精彩を欠いていた。

――海神の使い部……。

使い部はひと目見れば、『海神の娘』にはすぐわかる。どこがどうほかの鳥と違うのか、言葉にするのは難しいが、そう感じるのだ。

――どうしてあんなに、疲れた様子なのかしら。

回廊の奥から、大勢の衣擦れと足音が聞こえてくる。「あっ」と舒が小さく声をあげた。現れたのは、藍色の衣をまとった四十過ぎくらいの美しい女と、女によく似た青年、そして侍女や小姓の群れだった。

「わが君の母君と、弟君ですよ」と、舒が瑤に耳打ちする。

では、先代の『海神の娘』だ。然の母親は髪を高く結いあげ、翠玉《すいぎょく》の笄と櫛を挿し、あでやかに化粧している。耳には『海神の娘』特有の乳白色の珠を連ねた耳墜、首には金の項鏈《こうれん》（首飾り）が輝く。藍の衣は裾が地を擦るほど長く、金糸できらびやかな刺繡が施されていた。帯から提げた佩玉《はいぎょく》の彫りも見事な造作で、歩くたびに音が響く。花陀の出身だと聞いているが、なるほどと思う、華やかな出で立《いた》ちだった。

然の母親は、垂《すい》という名だった。垂は瑤にじっと視線を注ぎ、笑みを浮かべて近づいてきた。

「お加減が悪いと聞いているけれど、いかが？」

垂はそう訊いてきた。甲高い声をしている。瑤はその顔に、声に、然と似たところをさがしたが、見つけられなかった。

瑤は返答できずにいたが、垂はかまわず話しかけてくる。

「たしかにお顔の色があまりよくないわね」

垂は、ふっと笑った。それがどんな感情を持つ笑みなのだか、瑤にはわからなかった。

「青白くて、まるで死人のよう……。あら、ごめんなさい。でもまあ、見事な銀髪だこと。私も花陀にいたころ、見たことがあるわ。あなたのような娘を。きれいな娘ばかりだったわね、贅沢《ぜいたく》に着飾って……」

話すあいだも、垂は舐《な》め回すように瑤を上から下まで見ていた。瑤は口を開かなかった。頭上で冠鷲の鳴き声が響く。垂は、はっと上を仰ぎ見て、あとずさった。

「あれはあなたにつけられた使い部？」

瑤はうなずいた。「ふうん」と垂は鷲をねめつけ、きびすを返した。かたわらに佇《たたず》む青年に「戻りますよ」と声をかけ、回廊を引き返していった。青年は表情もなく、黙って母親のあとをついてゆく。垂の影のようだった。瑤は顔をあげ、腰赤燕の姿をさがす。燕はふらつくように飛び去っていった。

紓が大きく息を吐く。

「ああ、驚いた。東のお屋敷から、まさかこちらにおいでになるなんて」

「めずらしいの？」

「わが君が領主をお継ぎになってからは、とんとお姿をお見かけしませんでしたよ」

紓の表情は曇っている。紓は周囲を見まわしてから、瑤のそばに身を寄せ、声をひそめた。

「わが君の母君ですから、悪く言いたくはありませんけれど……あの御方は、わが君より弟君のほうが領主にふさわしいと、公然とおっしゃるかたです。どうしてだかわかりませんが、昔から弟君のほうをとくべつ可愛がってらして……ほんとうにいったい、どうしてかしら。わが君だってあんなにすばらしいかたですのに」

瑤は首をかしげた。

「領主にふさわしいかどうかは、海神がお決めになることだから」

「ええ、そうです、そうですとも」舒は何度もうなずく。「でも、あの御方は弟君を領主になさりたかったんですよ。なんででしょうねえ……どちらもお腹《なか》を痛めて産んだ子供ですのに」

瑤には、よくわからなかった。あの母親が然を嫌う理由も、弟を溺愛《できあい》する理由も。わかるのは、彼女につけられた使い部が弱っている、ということだけだった。

「それにしたって、どうしてこちらにいらっしゃったのかしら。たぶん、奥方様をご覧になりたかったのでしょうけれど」

「見て、どうするの？」

「どういうかたが『海神の娘』としておみえになったか、先代の『海神の娘』として、お知りになりたかったんじゃありませんか？　気になるものでしょう」

「そう……？」

どうして垂が瑤を見に来たのかは、すぐにわかった。噂が聞こえてきたのである。

「ひどいわ！」と舒がぷんぷんと腹を立てて、然の侍人に報告に行った。

いまの『海神の娘』は、顔色悪く痩《や》せ細《ほそ》り、弱っていて、まるで死人だ、死人姫だという噂が立っていた。出所は東の屋敷――垂であろう。

「陰険よ！」と地団駄踏んで怒る舒を、瑤はぼんやりと眺めていた。瑤が怒らないので、舒も落ち着いてきた。というより、けげんそうな顔をした。

「奥方様は、お怒りにならないのですか」

「わからない……」

怒るという感情が、瑤にはなかった。そんな感情は、とうに削ぎ落とされていた。爪のあいだに刺される針によって。

瑤は爪を隠すようにこぶしを握り、胸元に引き寄せた。

然がやってきた。膝をついて、気遣わしげな瞳で瑤の顔を覗き込む。

「いやな思いをさせて、すまない。東の屋敷の者たちは、こちらに来させぬようにする」

瑤よりも、むしろ然のほうが、苦しげな顔をしていた。

「大丈夫か？　ひどいことを言われて、傷ついたろう」

そう言う然を、瑤は不思議に思った。

「傷ついているのは、わたしじゃなく、あなただと思う」

然は、言葉につまり目をみはった。瞳に、然の心がにじんでいるのを瑤は見た。然は傷ついている。たぶん、ずっと前から。その気持ちを心の奥深くに押し込めている。

然は無言で、瑤のこぶしにその大きな手を重ねた。瑤は、そうされてももう、怖いとは感じない。こぶしを開いて、然の手を両手で包み込んだ。

その夜、瑤は夢を見た。過去の恐ろしい夢ではない。だが、恐ろしいことに変わりはなかった。見たことのない光景だった。

赤く輝く洞窟《どうくつ》があった。瑤はそのなかに立っている。地面も、側面も天井も、いずれも赤い岩盤に覆われていた。瑤は燭台《しょくだい》を手にしており、その明かりで照らせば、岩の表面に水滴のようなものがにじんでいるのが見える。

洞窟は、下へとつづいていた。ここがひとの手によって掘り進められた窟であると、しばらくして気づく。杭が打たれ、木の階段があり、縄のついた籠《かご》や石の道具が散乱している。

生ぬるい風が奥の暗闇から吹いてくる。あたりは蒸《む》し暑《あつ》く、息苦しかった。水のにおいがした。瑤は、全身に鳥肌が立ち、逃げなくては、と思った。

雷が落ちたような音が轟《とどろ》く。地面が揺れている。頭上から土埃が落ちてくる。奥から轟《ごう》音《おん》が迫ってくる。水流だ。壁は崩れ、天井にも亀裂《きれつ》が走る。

──ああ、だめだ。

暗闇から迫る奔流に呑み込まれた瞬間、瑤は目が覚めた。

「奥方様」

はっと息を吸い込む。息苦しくなく、水に呑み込まれてもいない。あたりは暗く、手《て》燭《しょく》の炎がまぶしく目を射た。瑤は明かりから顔を背け、呼吸をくり返した。夢──夢だ。

ひどい夢を見た。

　紓が手燭を床に置き、瑤の肩に触れた。

「奥方様、大丈夫ですか」

　瑤はうなずく。が、見えないかと気づき、「大丈夫」と細い声で答えた。

「夢を見たの」

　瑤が夢にうなされるのはよくあるので、紓も驚かない。

「赤い……赤い洞窟が崩れる」

　ぼんやりとしたまま、瑤は口にしていた。

「水が押し寄せてきて……呑み込まれたの」

「奥方様——」

「どこの洞窟です？」

　紓が顔をこわばらせて、瑤の言葉を聞いている。

「え？」

「それは、丹坑でございましょう。どこの鉱山でしたか？」

「わ……わからない。ただ赤かっただけ……」

　ただの夢なのに、と紓の真剣な様子に瑤は困惑する。

「わたくしの身内や知り合いも、丹坑で働いております。奥方様のごらんになった夢は、海神がお見せになった夢かもしれませんでしょう。坑道は、しばしば水が出て崩れるのですよ。それを知らせてくださっているのやもしれません」

こうしてはいられない、と舒は夜明け前にもかかわらず、あわただしく室を出ていった。誰かに知らせに行ったのだろう。しかし、ただの夢かもしれないのに。もしなんにもなければ、自分は叱られるのでは、と瑤は恐れた。

だが、瑤が叱られることはなかった。翌日、夢で見たとおりの崩落が、丹坑のひとつで起こったからである。然の判断で採掘を中止していなかったら、大勢が犠牲になるところだったのだと、舒から聞いた。

「奥方様、坑夫たちからたくさんの礼物が」

舒が嬉々《きき》とした様子で穀物や酒などを運んでくる。礼物は坑夫たちにとどまらず、ほかの島民たちからも届いた。瑤は夢を見ただけなので、戸惑っていた。

然もたいそうな喜びようだった。

「先代のころから崩落が増えて、ずいぶん犠牲になったのだ。だからこそ、民たちの喜びも大きい」

先代の『海神の娘』は、こうした夢を見なかったということだろうか。瑤は、垂の美しい顔が脳裏に浮かんだ。

屋敷の庫《くら》にはつぎつぎと礼物が運び込まれ、その様子を眺めて瑤は、胸が重苦しくなった。

――一度、夢を見てしまえば、つぎからもそれを待ち望まれる。間違った夢を見れば、誹《そし》られるだろう。最初からそんな夢を見なければ、誰も瑤に望みなどかけはしないのに。

小鳥の影が頭上をよぎり、はっとふり仰ぐ。腰赤燕が飛んでいった。燕は回廊にたたずむ婦人のもとへと飛んでゆく。垂だ。彼女は手を伸ばし、燕をとまらせると、瑤を見つめた。なにを思っているのか、その表情からはうかがえない。ただ、暗く陰った瞳をしている。

「夢など見ないほうが幸せなのに」

それだけ言うと、垂は背を向け、回廊から去っていった。

瑤は食事の箸《はし》が進まなくなり、夜もあまり眠れなくなった。夢を見るのが怖い。夢を見ないのも怖い。間違った夢を見てしまったらどうしよう。見るべき夢を見なかったら、どうしよう。そんな恐れと不安で胸がいっぱいだった。

「どうした？　どこか痛むか？　気分が悪いか？」

案じた然がやってきたが、瑤はただ首をふるだけだった。どう言葉にしていいのか、わからない。

然はしばし瑤の顔を眺めていたが、なにを思ったのか、ぽんと自分の膝をたたいた。

「よし、すこし海に出てみるか」

然は、瑤を入り江につれだし、舟に乗せた。自ら櫓を漕ぎ、船着き場を離れる。このあたりは大きな川の河口で、上流から運ばれた砂が堆積《たいせき》し、浜から腕を伸ばしたような形で砂州ができている。浅瀬なので、喫水の深い大きな船が行き交うことはない。波も穏やかで、日差しが心地よかった。海は見渡す限り広がり、その上に青い空が横たわる。海の果てには海隅蜃楼《かいぐうしんろう》という、化け物の棲《す》む霧があるというが、こんな海を見ていると、瑤にはとても信じられない。神の宮はその霧のさらに向こうにあり、魂は無事そこまで行き着ければいいが、海隅蜃楼に囚《とら》われると、化け物になってしまうという。

神の宮にたどり着いた魂は、星の河を巡り、いずれ新たな命となって生まれ落ちる。瑤は穏やかな波に揺られながら、その遥《はる》かな道のりを思い描いた。星の河は魂の揺りかごである。夜空にちりばめられた星々のまたたきは、生命の息吹なのだろう。その悠久の流れを思うと、瑤の心はすこし落ち着いた。

「母も夢をよく見る娘だったそうだ」

櫓を漕ぎながら、然は言った。

「夢の告げはよく当たった。だが、いつごろか当たらなくなり、夢も見なくなった。丹坑では事故が相次ぎ、『海神の娘』が非力なせいだと言われていた。母の胸中は俺には測りきれぬが、いろいろあったのだろう。父は面倒事が嫌いで、妾妃を囲ってそちらに入り浸っていたしな」

瑤は然の顔を見あげていた。よく陽に灼けた肌に、うっすらと汗がにじんでいる。それを美しいと思った。

「『海神の娘』の荷は重かろう。はじめてそなたを見たとき、あまりに子供なので、案じていた。巫女の役目も、妻の務めも、つらいのではないかと」

然の瑤に向けるまなざしは、やはり幼子を見るかのようで、慈しみに溢《あふ》れている。

「夢を見るのが怖ければ、見なくともいい。見た夢を口に出すのが怖ければ、黙っていていい。口に出してしまったものを、公にしたくなければ、舒に口外せぬように言っておこう。あるいは、俺にだけ言ってくれればいい。この胸にしまっておく。それでどうだ？」

然は、瑤の背負う重荷を、代わりに担いでやろうと言っているのだ。『海神の娘』の役目は、領主であろうと、けっして代われるものではない。然の申し出は、下手をすれば海神の怒りを買いかねないことでもあった。それを海上で口にする然は、向こう見ずなのでも大胆なのでもなく、心に嘘のない、強いひとなのだろうと瑤は思った。瑤がそれを好ましく思ったように、海神も思うだろう。然の向こうに澄んだ青空が広がっている。その下には海原が横たわる。海から湧き上がったような風が吹き、然の髪を撫でていった。瑤の胸は、穏やかに凪《な》いでいた。安らぎが満ちてくる。

——大丈夫だ。

胸にともった光が、静かに大きくなってゆくようだった。

然は海神に愛されていると、瑤はつくづく思う。然が浜に出た日は引き網によい魚がたくさんかかり、海に出れば波は静まり、船に魚が飛び込んでくる。だからこそ、湧いてくる疑念があった。

然の嫁取りが、海神に祝福されぬはずがない。婚儀の夜、嵐になったのは、なぜなのか。

それが不思議でならなかった。

——わたしのせい？

然は瑤が子供なので、驚いたと言っていた。瑤に至らぬところがあって、海は荒れたのだろうか。

瑤は池を覗き込み、黒褐色の魚の姿をした啾啾にそれを尋ねるが、啾啾は素知らぬ顔で泳ぐだけだった。

垂をはじめ、東の屋敷の者たちはこちらにやってこなくなったが、ときおり、腰赤燕の姿だけは見かけた。羽毛が乱れて、すすけたような色合いになった燕は、つぶらな瞳をしばたたき、よろよろと飛んでいた。

然は瑤のもとにやってきて、一緒に食事をとることもあれば、出かけることもあった。瑤は然につれられて、岩場に登って邑《むら》を一望したり、山鳥をさがしたり、潮だまりで魚を見つけたりした。瑤はひとの目を厭うたので、然はひとのいない、静かな山中や磯につれていった。

はじめて目にするきれいな花や鳥に、瑤の心は躍った。そういう気持ちは、楽しい、というのだと、然が教えてくれた。

「夫婦というより、雛《ひな》と親鳥のようですね」

と、舒はあきれた様子だったが、

「まあ、それもよかろう」

と然は鷹揚に笑っていた。

瑤は、次第に穏やかな日々に慣れ、こうしたときがずっとつづくのだろうと、信じるようになっていた。

それは間違いだった。

秋、然は丹を積んだ船に乗り、海神の島へと向かった。海神へ丹を献上するのである。雨果の慣例であり、海神の島へは花陀を経由して半月ほどで往復できる。水手も慣れた海路であり、潮流も複雑なものではなかった。船には航海の無事を祈る巫が乗せられ、水手たちは妻から護符となる肌着を受けとった。瑤も然から、身につけているものをひとつ欲しい、と乞われた。それが慣習なのだという。瑤は『海神の娘』の耳飾りを片方、然に渡した。それだけではなんとなく不安で、瑤は、「啾啾」と冠鷲を呼んだ。啾啾はすぐに舞い降りてくる。

「わが君に、ついていって」

そう告げると、啾啾は承知したように然の肩に飛び乗った。

「いいのか？」

瑤はうなずいた。胸のなかに湧き起こる暗雲を、口には出せなかった。だが、瑤の不安は表情に出ていたようで、然は明るく笑った。

「案ずるな。すぐに帰ってくる」

港がよく見える岬から船を見送り、瑤は、吹きつける風のなかに、不安のにおいを感じていた。

異変があったのは、一旬《じゅん》（十日）ほどたった日のことである。

浜に、巫の骸が流れ着いた。巫は、嵐などで航海に障《さわ》りが出ると、海神に怒りを鎮めてもらうため、海に身を投げる。巫の骸が流れてきたということは、航海中、危難に遭ったということで、船にただならぬ異変が生じたということだ。

島は騒然となった。然は無事なのか、そうでないのか。海神の怒りに触れるようなことがあったのか。船はどうなったのか。島は船の行方を知るため、ほかの島々に向かって船を出した。いまのところ、海神の島からも、ほかの島からも、なんら知らせは届いていない。

——海神が、あのひとに害を及ぼすはずがない。

瑤はそう信じた。

啾啾は帰ってこない。瑤は岬に立ち、船の帰りを待った。

「海神の神託が降りたと、わが君の母君が——」

青い顔で紓が瑤を呼びに来た。

「弟君を新たな雨果の君として立てよと」

——そんなはずはない。

「わが君は、戻ってくるわ」

「そうでしょうとも」

紓は袖で顔を覆った。

然の弟は、巣《そう》といった。巣は雨果の君を名乗り、瑤の閨に押し入った。

母親の影のようだった青年は、燭台だけの薄暗がりのなか、やはり影にしか見えなかった。のしかかってくる巣に、瑤は、胸のうちでふつふつと沸き立ってくるものがあった。

その熱が瑤の口を押し開ける。

「海神がお許しにならない」

そう言葉を放つと、衣を剝ごうとした巣の手はとまった。覆い被さる影が瑤の顔を覗き込む。

「母は――おまえさえ俺のものにしてしまえば、雨果の君になれると言った」

「わたしは海神のもの。それを横から掠《かす》めとるなら、神罰がくだる」

影は明らかに恐れて怯《ひる》んだ。瑤の言葉を恐れる者に、瑤を手に入れることはできない。然は海神を畏《おそ》れてはいたが、恐ろしがってはいなかった。海神を恐れず、海上で、瑤の重荷を軽くしてくれた。

瑤は巣の腕を逃れ、室を飛び出した。月明かりに照らされた回廊を走る。東の屋敷に向かって。

走るうち、月は雲に隠れ、風が吹きだし、雨粒が落ちはじめた。光が閃《ひらめ》き、雷鳴が轟きだす。

通路の途中で、瑤は足をとめた。暗がりにひとりの女の姿があった。雷光に白い顔が浮かびあがる。垂である。

「どうして偽託なんて」

瑤は震える声をあげた。雨脚が強くなり、声はかき消されそうになる。

「巣を雨果の君にしてあげたかった――」

ふたたび暗闇に沈んだ垂の影が、歌うように言った。

「違う」

瑤は言葉を返した。

「あなたはきっと、そんなふうに思ってない」

巣を愛していたのなら、そんな真似はしない。偽の神託で領主につけても、神罰がくだる。早晩、巣は死ぬだろう。『海神の娘』なら、わかっていたはずだ。

影が笑っている。いや、泣いているのか。

「『海神の娘』になんて、なりたくなかった。誰が望むものか、こんな、なんの面白みもない島へ嫁ぐことを。私は花陀で暮らしていたかったのに。子供はかわいくないし、わが君はあんな――あんな下賤《げせん》な妾を囲って！」

垂は泣き叫んでいた。

「海神の加護なんて、くれてやるものか。どうせ、私は『外れ』の巫女だと蔑《さげす》まれていたのだもの。夢見が当たれば褒め称えて、外れたら口汚く罵《ののし》って。あれがどれだけ重荷だったか。皆、勝手なことばかり――誰も、誰も私の苦しみなんてわかってくれなかった。恵みばかり求めて、悪いことはぜんぶ私のせい！　くそ野郎ども！」

金切り声で怨嗟《えんさ》を叫び、垂は地団駄を踏む。肩で息をしながら、瑤をにらみつけた。目はぎらぎらと異様な輝きを湛《たた》えている。垂は地の底から響くような、暗く淀んだ声を発した。

「雨果なんて、滅んでしまえばいい。だから、おまえがやってくるときも、呪詛を」

空を引き裂くような雷鳴が轟いた。

——呪詛。

婚儀の晩の、荒れ狂う海が脳裏によみがえる。風が吹きすさび、波が舟を転覆させ、海は瑤を呑み込んだ。呪詛であったのか、あの嵐は。

瑤は、はっとする。

「じゃあ、わが君の船も——」

垂はけたたましい笑い声をあげた。鳥の鳴き声のようだった。

「呪ってやった！　あの船が帰ってこぬように、海の藻屑《もくず》と消え果てるように」

瑤の足が震える。呪詛など、言うまでもなく禁忌である。海神の力を宿す娘が呪詛を行うのは、海神に逆らうこと。そう教えられた。海神に唾棄《だき》し、己を呪うのとおなじことだと。

それだけ、力が強いからだ。だから戒められている。

——それを、わが君に……。

足の震えが、全身に広がった。瑤はこぶしを握りしめ、胸を押さえる。息が苦しかった。さきほど巣に感じた、ふつふつと胸のうちが沸き立つ感覚がよみがえる。熱い塊《かたまり》が喉

あのあいだに針を刺す者は、もういないのだから。

これは怒りだと、思い出した。瑤はこぶしを開く。爪を隠す必要は、もうない。爪のあいだに針を刺す者は、もういないのだから。

怯えなくていいのだと、楽しむことも、怒ることもしていいのだと、教えてくれたのは、然だった。

瑤のすべてを取り戻してくれたのは、然だった。

「わが君は、帰ってくる」

震える声で、瑤は告げた。垂の笑い声がやむ。

「帰ってくるわ」

閃光《せんこう》が走り、垂は叫び声をあげると、なにを思ったのか、突然通路から外に飛び出した。雨が垂の体をあっというまに濡らし、つぎの瞬間、まばゆい光が破裂した。轟音が地を揺らす。

下から突き上げるような衝撃があり、瑤はその場にうずくまる。光のせいでしばらくまともにまわりが見えなかった。目をつむり、視界が澄むのを待つうち、雨の音と、焦《こ》げ臭《くさ》さがあたりに満ちていた。なにが起こったのか、わからなかった。

雷が落ちたのだと――垂の体を貫いたのだと、周囲にひとが駆けつけ、騒然となってから知った。不思議とまったく同時に巣も落雷で死んでいた。神罰がくだったと、ひとは口々に言った。

夜明けには雷鳴も雨もやみ、白々とした空が薄い雲の向こうに覗いていた。

回廊の片隅に腰赤燕がうずくまり、動かなくなっていたのを、瑤はそっと手で包み込んだ。すると燕は頭をもたげ、翼を震わせた。

燕のつぶらな瞳が瑤を映す。燕は瑤の手から羽ばたき、すいと頭上を旋回した。

「霊子様のもとへ戻るの？」

垂の魂をつれて――。

――彼女はわたしを死人姫と揶揄《やゆ》したけれど、ほんとうに死人のようだったのは、彼女のほうだった……。

おそらく垂の苦しみをいちばんよく理解できたのは、おなじ『海神の娘』である瑤だったろう。もし語り合うことができていたなら、違ったふうになっていたかもしれない――と、瑤は燕の姿を見つめながら、思った。

燕は美しくさえずり、空へと飛び立っていった。すぐにその姿は、見えなくなった。

瑤は岬へ向かい、海を眺めた。朝焼けが空と海を赤く染めている。その赤のなかに、ぽつりと黒い点のようなものが見えて、瑤は危うく叫ぶところだった。

船だった。

瑤にはわかった。岬から急いで港へと向かう。瑤の姿に驚く漁師たちのあいだを駆け抜ける。船を見つけた人々が、歓声をあげて集まってくる。着岸した船から、よく陽に灼けた大柄な青年が降り立つ。その肩には啾啾が乗っている。

「瑤――」

然がなにか言う前に、瑤は然に飛びついていた。然は驚いている。然のぬくもりを頰に感じて、瑤は大きな声をあげて泣いた。

*

腰赤燕が飛び来たり、泉のほとりにいた霊子は手を伸ばした。その白い手に燕はとまる。霊子はその頰をやさしく指で撫でた。

「おかえり。ずいぶんとお疲れだこと」

霊子は泉のかたわらにある木に目を向ける。白い蕾がふくらみ、花開く。

「ああ……」

だが、その花は開ききる前に縁から褐色に変わり、枯れてゆく。霊子は木に歩み寄った。花に手を触れると、はらりと崩れ落ちる。枯れた花は、消え去りかけらも残らなかった。

霊子は嘆息する。

「禁忌を犯したのね。愚かなことを。海若がかなしむわ」

――つぎに咲く花は、美しく咲いてくれるといいけれど。

霊子は膝をついてかがみ込み、泉の水面に口づけた。

黄金の窟《いわや》

爽鳩《そうきゅう》瑕《か》は齢《よわい》二十三、沙文《しゃもん》の史《し》(祭祀官)である。

沙文は大小ふたつの島からなる。かつて二島はそれぞれべつの領主が治めていたが、争いが絶えず、巫女王の怒りに触れ、どちらの領主の一族とも滅んだという。

そうしたことを巨細洩《も》らさず記すのも史の役目で、瑕は史庫の管理を任されていた。爽鳩氏というのは古く領主の子息を祖とする一族であり、由緒正しき家柄であった。

そのためだろうか、『海神の娘』の出迎えに随行する役目を与えられたのは。

今宵、沙文の君と『海神の娘』の婚儀が執り行われる。娘の乗った舟を出迎えるのは領主とひとりの史のみと決まっている。史が同行するのは、記録のためである。篝火が焚かれる岩場で、瑕は息を殺してひざまずいていた。かたわらには、当代の沙文の君がいる。まだ二十歳と若く、長身で、美しい顔をした領主であったが、残忍さは歴代のなかでも群を抜いていた。死後、厲君《れいくん》と諡《おくりな》される領主である。

今宵の婚儀は、史が記してきた祭祀の記録のなかでも、前例のないものだった。領主がふたりめの『海神の娘』を娶るのである。

最初に嫁いできた『海神の娘』は、半月ほど前に身罷った。

厲君が殺したのである。


厲君が領主を継いだのは十五の歳で、『海神の娘』が嫁いできたのは、十九のときだった。その娘は、名を聲《せい》といい、十六の少女だった。美しい娘だったが、嫁いだ相手が悪かった。厲君にとって、可愛がることと虐げることは同義であった。気に食わぬから虐げるのではなく、厲君に入れば気に入るほど、いたぶるのである。寵愛《ちょうあい》していた侍人に矢を射かけて追い回し、愉《たの》しむあまりついに射殺してしまうような青年だった。妾妃はすでに何人も死んでいた。聲は嫁いだその晩から耐えがたい責め苦を与えられ、すぐに弱っていった。傅《も》り役も卿たちも諌《いさ》めたが、厲君は聞かなかった。

ある晩、酒に酔った厲君は剣を振り回し、泣きながら逃げ惑う聲に斬《き》りつけ、白い肌が血にまみれるのを愉しみながら犯し、しまいには切り刻んで殺してしまった。

「死ぬとは思わなかった」と厲君はあっけらかんと言った。裸に剝《む》かれ膾斬りにされた少女の骸は正視に耐えぬもので、厲君の残虐さには慣れた傅り役さえ、真っ青な顔をして言葉も出なかった。聲の死に顔は涙と血に濡れており、ぽっかりと開いた瞳は絶望に沈んでいた。あまりの痛ましさに、傅り役は何度もその顔を夢に見たという。

『海神の娘』をこうも惨く殺して、ただではすむまい、と皆、ひそやかに噂した。瑕は憔悴《しょうすい》した傅り役からこうした前例はあるかと尋ねられ、暗澹《あんたん》たる気持ちになった。あるわけがない、と即答したかったが、これまでの記録をあたり、そのうえで「ございません」と答えた。

沙文は滅ぶのではないか。臣下のみならず、島の者たちはそう恐れた。ひとり、厲君だけが平気そうな顔であいかわらず酒色に耽《ふけ》っていた。

「死んだなら、新しい『海神の娘』を寄越せと要求すればよいだけではないか」

厲君はこともなげにそう言い、

「なんのために毎年、黄金を献上しておるのだ」

と不服そうに言った。その頭上には、金の冠が輝いている。金に縄目をつけて編んだような細工の輪に、翼を広げた金の鳥がのった冠である。

沙文の島では、金がとれる。ふたつの島、両方に金銀の鉱山が豊富にあり、それで栄えた島だった。ことに厲君は金を好み、民を酷使して金の原鉱石を採掘させ、製錬させて、大量の金を得た。坑道での採掘も金の製錬も過酷を極め、よほど気を遣わねばすぐに体を壊して死ぬというのに、厲君はおかまいなしに金を掘らせ、作らせ、民たちの屍《しかばね》は折り重なっていった。

早晩、わが君は神罰を受けるはず——というのが島民の予測であり、願いでもあった。

それに反して、ある日、海神の島から届いた知らせは、島の者たちに仰天と落胆とをもたらした。

——託宣により、『海神の娘』を、沙文の君に嫁がせる。

死んだ娘の代わりに、新たに娘を届けるというのである。厲君は「海神も巫女王も、黄金が欲しいとみえる」と嘲《あざわら》った。

その娘がやってくるのが、満月の晩、今宵である。瑕はじっと息を潜めて、海上に目を凝らしていた。

——来た。

月光の下、凪いだ海に航跡を残して、一艘の船がやってくる。海神の島から沙文までは、ほかの島と比べて最も距離があり、船は数人の水手が櫓を漕ぐ刳船《くりぶね》である。月明かりにその水手たちと、船上に座る『海神の娘』が見えた。藍染めの布を頭から被り、その顔はわからない。白々とした月光が、厳《おごそ》かに青い衣を照らしていた。

船が岩場に着くと、『海神の娘』は水手の手も厲君の手も借りることなく降りてくる。布を被っているのに、見えているのかと思うような、なめらかで静かな動きだった。

水手たちはなんら言葉をかけることなく、船は海原を去ってゆく。厲君は無言で娘に歩み寄ると、その布を剝ぎ取った。娘の顔は寝所まで見てはならぬ決まりである。瑕は声をあげそうになったが、婚儀にはまた、無言で行うという掟《おきて》もある。ともかくも立ちあがり、厲君を制止しようとした。その前に、厲君が声をあげた。

「なんだ、その顔は」

娘の姿は、月の光に露わになっている。歳のころは二十歳前くらいだろうか。その顔を目にして、瑕もはっと息を呑んだ。顔の左側、頬からこめかみにかけて、火傷《やけど》の痕《あと》のようなひきつれた傷痕があった。

だが――と瑕は思う。

まっすぐ厲君を見すえる双眸《そうぼう》は月光にきらめき、引き結んだ唇も、流れ落ちる豊かな黒髪も、岩場にすっくと立つ姿も、神々しいほど美しかった。

娘は、黒く輝く瞳で厲君をにらみつけている。

「巫女王め、滓《かす》を送りつけてきたか」

厲君は蔑みの言葉を吐き捨てた。

「わが君」瑕は思わず口を開いた。掟を破ったことになるが、領主の暴言を捨て置くわけにもいかなかった。

「どうか、お慎《つつし》みを――」

「瑕よ。領主が侮られたのだぞ、おまえも怒らぬか。この娘を切り刻んで醢《かい》にして、巫女王に送り返してやる」

醢とは、塩漬けのことである。

「わが君……」

瑕はもはや、なにをどう諫めていいのかわからなかった。だが、それでもとめねば、厲君は彼女をほんとうに殺してしまうだろう。

「おまえにわたしは殺せぬ」

涼やかな声がした。つかの間、瑕にも厲君にも、誰が声を発したのか、わからなかった。瑕はふり返る。声を発したのは、娘だった。凜《りん》としたまなざしで厲君を捉えている。

「ほう」厲君は剣の柄《つか》に手をかける。「では、試してみよう」

あっ、と思ったときには厲君は剣を鞘《さや》から抜き放ち、娘に向かってふりおろすところだった。

血が走った。瑕は絶望したが、次いで、目を疑った。

——違う。

娘は血を流しておらず、斬られたのは、厲君のほうだった。剣を握った厲君の腕は切り落とされて、血しぶきがあがる。娘の手には、気づかぬうちに剣があった。瑕の目にはとまらぬ速さで、彼女はそれを一閃させたのだった。厲君は信じられぬものを見る目で腕を眺め、唇をわななかせた。

「あ……、う、あ……」

悲鳴さえあげられず、厲君はよろめいた。その衣を娘はつかみ、ぐいと引き寄せる。その勢いにまかせて、彼女は厲君を岩場から海へと突き落とした。その音に、瑕はわれに返った。浅瀬とはいえ、厲君は片手を失い、血もそうとうに出ている。死んでしまう。あわてて岩場の端から海を覗き込んだ。その瑕の衿がつかまれ、うしろに引き戻される。

「死にたいのか」

娘が冷えた声で言う。

「いや、わが君が——」

「あれはもう死ぬ。ほら」

娘は海を指さした。暗い海の水面に、動くものが見えた。背びれだ。それを見た瑕は、血の気が引いた。

——鱶《ふか》だ。

それも、何匹もいる。集まってきている。馬鹿な、ここは浅瀬で、鱶がやってくるような海域ではない。

鱶が集まった場所で、はげしい水しぶきがあがる。一瞬、腕が水面に突き出された。その折れ曲がった指が、苦悶《くもん》のほどを伝えていた。腕はすぐに海中に引きずり込まれ、それからしばらくして、水面は静かになった。血が広がっているのかどうか、夜の海ではわからない。鱶は短い饗宴を終えると、すう、と四方に遠ざかっていった。一匹だけ、岩場に近づいてくる鱶があった。瑕と娘のいるところまでやってきたので、瑕は尻餅《しりもち》をついたまうしろにさがる。腰が抜けていて、立てなかったのだ。瑕とは裏腹に娘は一歩前に出て、海に身をかがめる。危ない、と言おうとしたが、娘は平気で鱶のほうへと手を伸ばした。鱶がぬっと海中から顔を出す。鋭い牙が月光に照らされて、瑕は震えた。

「ごくろうさま、祁祁《きき》」

娘はそう告げ、鱶の口からなにかを手にとった。目を凝らして、瑕は悲鳴をあげた。いや、あげたつもりだったが、喉が縮こまっていて、声にならなかった。

娘はくるりとふり返る。手にしたものを前に突き出した。それは厲君の首だった。娘は首の髪を手でつかんで、ぶらさげている。厲君の目は飛び出んばかりに見開かれ、唇は歪《ゆが》んで苦痛を訴えている。岩に滴《したた》り落《お》ちるのは、血なのか、海水なのか。瑕は吐きそうになるのをかろうじてこらえた。厲君の頭は、冠をつけたままだった。それが月光にまばゆく輝き、厲君の死に顔をいっそう無残に見せる。

「これがこの者の死に様だ」

冷ややかに言って、娘は瑕に目を向ける。

「おまえ、名を瑕といったか」

瑕は震えがとまらない。歯の根が合わず、ただうなずいた。

「爽鳩瑕か」

これにもうなずいてから、なぜ姓まで知っているのか、と疑問を覚えた。

娘はつまらなそうに鼻を鳴らした。

「わたしは沙文の君に嫁ぐためにやってきた。この男ではない」

この男、というところで娘は首をかかげた。瑕は目を背ける。

「爽鳩瑕。巫女王からの託宣を伝える。つぎの沙文の君はおまえだ」

瑕は、耳を疑った。

「……は？　なんと」

「領主の血を引くのだろう。おまえが沙文の君だ。わたしは、おまえに嫁ぐ」

娘は厲君の首から金の冠を外すと、それを瑕の頭にのせた。

「うまくやらねば、つぎに鱶の餌食《えじき》になるのはおまえだぞ。励《はげ》めよ」

瑕は、その場で気を失った。


瑕が目覚めたのは、寝台の上だった。格子窓から降り注ぐ月光が、あたりを薄藍に浮かびあがらせている。

——ああ、夢か。

と思った。夢に違いない、あんな——。

ふうと息を吐いた瑕は、頭を巡らせて寝台の脇《わき》に何気なく目をやった。そこで悲鳴が洩れた。

「わあっ」

青い衣の娘が立っていた。顔に傷痕のある、あの娘だ。

「夢だとでも思ったか？」

娘は言い、瑕を冷たく見おろしている。「暢気《のんき》だな。わ、わが君」

「わ……わが君って……」

瑕は半身を起こし、無意識のうちにじりじりとうしろにさがっていた。

「おまえだ。言ったろう。おまえが沙文の君だ」

「う……」

——嘘だろう。

「城の者にすべて伝えてある。まったく、骨が折れたぞ、おまえが気を失うものだから。わたしが城までひとを呼びに行って、説明して、おまえをここまで運んでもらった。そろそろ、たたき起こそうと思っていたところだ」

娘は瑕を相変わらず冷めた目で眺め、

「さっさと終わらせるぞ」

と告げる。

「お、終わらせる……とは……」

「決まっているだろう。婚儀だ」

娘は手早く帯をほどき、躊躇《ちゅうちょ》もなく青い衣をはだけて床に落とした。白々とした月明かりに美しい裸身が晒されるが、瑕は見とれるよりも唖然《あぜん》とした。

「い、いや——その、ちょっと、そんな突然——」

瑕の額に汗がにじんでくる。さらにうしろへとさがった。

「心の準備ならいましろ」

逃げ腰の瑕におかまいなしに、娘は寝台に乗ってきた。ぎし、と軋んだ音がする。娘は瑕の衣の衿をつかんで引き寄せた。

「手間をかけさせるな。さっさと脱げ」

「ちょっ……ちょっと待って、待ってください。わかりましたから、自分でやります」

娘が瑕の衣を剝ごうとしてきたので、あわてて制した。こうなったら、腹をくくるしかない。瑕は娘に背を向けて帯をほどきはじめた。

「と……ところで、あなたの名前は、なんというのですか」

「婚儀の礼か」

名を問うのは婚儀におけるしきたりである。

「いえ、たんに知りたいだけです」

「そんなことがいま気になるのか」

「それは、当然でしょう。妻になるひとの名前を知るのは――」

ふいに娘が背後から瑕の顔を覗き込んだので、瑕は言葉をとめた。宝玉のような瞳が瑕を見つめている。瑕は、頬が熱くなるのを感じた。

「嬋《せん》」

娘はまばたきもせずに言った。

「わたしの名前は、嬋だ」

嬋は瑕の腕をつかむと、褥に押し倒した。月光が照らすなか、瑕を見おろす嬋は、やはり神々しいほど美しい、と瑕は思った。


一夜明けると、新たな『海神の娘』についての噂は、島中に知れわたった。嬋が厲君の腕を切り落とし、鱶の餌《えさ》にしたくだりは、三日とたたず芝居になった。

嬋は一躍島の民の人気者となったが、瑕については、「誰だ?」と皆が首をかしげる有様で、誰もが不思議がっていた。いちばん不思議に思っていたのは、ほかでもない瑕である。領主の血を引くとはいえ、とうにわかれた分家筋である。海神の思し召しを勘ぐる者は、厲君の血筋から遠い者をお選びになったのではないか、と言った。はたして、それが真実かどうかはわからない。神は気まぐれなのだと、史をしていた瑕は、その記録から知っている。

厲君の傅り役は、領主を正しく導けず、『海神の娘』を死なせ、鱶に喰われる最期を迎えさせた責めを負い、殉死した。厲君におもねっていた侍人や臣下は、粛清された。祖廟は刑死者の血が乾く間もなく、朝廷にはしばらく嵐が吹き荒れた。こればかりは、瑕にもどうしようもない。そういうものだからだ。代替わりは、おおよそ、血の粛清を伴う。次第につぎの権力者が誰か、決まってくる。

令尹《れいいん》は、厲君の従兄であり、厲君をずっと諫めていた、薄姑鮑《はくこほう》に決まった。人格者であり、勇気と慎みを併せ持っている。瑕は安堵した。

領主の庫には厲君の貯《た》め込んだ金が山ほどあったので、瑕はそれを交易品に回すことにして、採掘量を減らした。鉱山に無理やり徴集されていた民たちは、漁や耕作に戻った。ばたばたとひとが死んでゆくことがなくなり、民たちは、どうやら今度の領主はまともらしい、と気づき、胸をなで下ろした。

瑕が屋敷に戻れば、待っているのは婢だった。婢はもともと沙文の出身らしいが、その体に文身はない。成人する前に『海神の娘』に選ばれ、島を去ったそうだ。領によって異なるが、沙文では成人すれば皆、体に文身を彫り込む。海神への従属を示すとともに、鱶や海鷲に襲われるのを避けるためだ。花勒や花陀では、昔と違い身分ある者は文身を入れないというが、雨果や沙文はいまでも上下の区別なく入れる。花勒や花陀は異国との交流が盛んで、港町は異人で賑わういっぽう、雨果と沙文はそれを好まない。金の交易も花陀の港で行う。

文身は、手足だけの者もいれば、全身に及ぶ者もいるし、胸だけに彫る者もいた。文様もさまざまだ。文身を入れる部位と文様は、家系によって違った。瑕の家は、胸に鱶の鰓《えら》を模した文様を彫った。婢は瑕の胸にある文身をはじめて見たとき、指でなぞり、きれいだと褒めた。

婢に文身はないが、その背に蛇の鱗のような痣はあった。『海神の娘』の印なのだという。

顔の火傷の痕については、語ることはなかった。だから瑕も、訊かなかった。

領主と妃であり、ともに夜を過ごしても、瑕は婢のすべてを知らず、その胸中も、よくわからなかった。さらに言えば、己の心も、よくわからないのだ。

瑕の胸にいつもあるのは、婢がやってきたあの晩、あの月明かりの下で見た、返り血を浴びて首を片手にさげた、凄絶《せいぜつ》に美しい、婢の立ち姿である。

鱶の餌にされてはかなわないので、瑕は勤勉に領主として働いた。瑕にとって幸いだったのは、先代があまりにもひどい領主だったということだろうか。正卿たちも官吏も小役人も、領主を恐れることなくのびのびとよく働いた。日々命の心配をせずに働けるというのは、すばらしい。瑕にとっての幸いはもうひとつあり、令尹が薄姑鮑だったことである。三十歳をいくつか過ぎた男盛りの鮑は、穏やかないっぽうで切れ者だった。

「平穏に慣れればひとは怠けだすものです。この辺でそろそろ、引き締めましょうか」——鮑は新たな法令を作り、数人を見せしめに刑に処した。鮑は時機を見極めることに長《た》けている男だった。

「あなたが領主だったなら、どうなっていたでしょうね」

瑕はいまだ誰にでも丁寧な言葉を使う。今日から領主だと言われても、いきなり威風が身につくわけがない。それなら無理せず、己の調子を貫いたほうがよかろう、と思ったのである。

「沙文を滅ぼしていたでしょう」

鮑がさらりとそんなふうに答えたので、瑕は驚いた。

「まさか……」

「最初は名君になるやもしれません。ですが、ずっとそうでいられる気がしないのです。ひとは日常に飽きますし、飽きれば腐ってゆくものです。領主の悩みは領主にしかわからず、孤独です。厲君はそれに蝕《むしば》まれたのですよ」

お気をつけください——と言われたような気がした。瑕の首筋がうすら寒くなる。嬋の手にした首が、己の顔に変わる。そんな夢を、ときおり見た。自分でも恐れているのだろう。

「嬋。私はいつか、厲君のようにあなたに首をかかげられるような気がしてなりません」

そう嬋の前で洩らすと、嬋は目をみはった。

「婚儀のときの脅しが効き過ぎたか。そんなことにはならない」

嬋の口調は飾り気がなく、やさしさも艶《つや》もなかったが、瑕には心地よかった。

「それは、巫女の託宣ですか？」

「勘だ」

すこし間を置いて、嬋は付け足した。「それと、わたしの希望」

瑕は嬋の愛想《あいそう》のない横顔を眺める。最初に比べれば、嬋は幾分、瑕にやさしくなったと思う。

嬋は、きっと瑕をにらんだ。

「わたしの顔をじろじろ見るな」

「も……申し訳ない。いや、火傷の痕を見ていたわけではないのです」

瑕は言い訳したが、嬋はふいと顔を背けた。

――しまった。

火傷の痕があっても嬋は美しいし、いやむしろその痕がより嬋の美しさを際立たせていると思うのだが、瑕はそういったことがうまく言えない。しどろもどろに言い訳し、黙ってしまう。嬋相手でなければ、至極冷静に、淡々と、対応ができるのに。嬋のまなざしにぶつかると、もう、だめなのだ。胸のなかが、かあっと熱くなって、なにも考えられなくなる。

うなだれていると、窓から鳥が飛び込んでくる。虎鶫《とらつぐみ》だった。それは婢の伸ばした手にとまり、羽を休めた。

「おかえり、祁祁《きき》」

これは海神の使い部で、魚にも化ける。厲君を食い殺した鱶の一匹は、祁祁である。瑕はあの晩の鱶の、鋭い牙が脳裏によみがえり、どうもこの鳥は苦手だった。祁祁を見つめてじりじりあとずさると、婢がくっくっとおかしそうに肩を揺らした。

「こんなにかわいい鳥なのに」

そう言われると恥ずかしくなるが、婢の笑顔は、いいものだった。

＊

海神の島には、『海神の娘』である若い娘たちのほか、媼たちがいる。媼は、かつては若い娘だった——つまり、『海神の娘』のうち、どこにも嫁ぐことのなかった巫女たちである。

媼もさまざまで、使者として島々に赴く役目の者もいれば、つねに巫女王のそばに仕える役目の者もおり、機織りの得意な者もいれば、琴《きん》の得意な者もおり、武技の得意な者もいる。『海神の娘』の出自がさまざまだからである。

嬋は、武技の得意な媼に才を見いだされて、剣を習った。元来、粗雑だった言葉遣いやふるまいは、ますます荒っぽくなったが、別段、咎《とが》められることはなかった。品が求められる者たちではないのである。

嬋は天涯孤独の身の上で、家族の情というものを知らない。媼は師匠であり、嬋を甘やかすこともなければ、孫のように慈しむこともなかった。いまだ嬋は、愛も情も知らない。

『沙文の君に嫁ぐがよい』

という託宣を受けたとき、巫女王は、うっすらと微笑を浮かべ、

『いまの沙文の君ではないけれど』

と、付け加えた。

『海神はひどくかなしんでいる。あれには罰がくだされるであろう。おまえ、島に着いたら、沙文の君を海に投げ捨てておしまい』

恐ろしいことを、さらりと告げた。それができる嬋だから、選ばれたのだろうか。

『新たな沙文の君は、きっとその場にいる。名は爽鳩瑕。その者は、おまえを愛してくれるひとよ』

最後の言葉は、はたして託宣だったのか、たんなる推測だったのか。

しかし、嫦は瑕の眼前で厲君の腕を切り落とし、海に放り投げ、鱶に食わせた。瑕は腰を抜かして気を失ってしまい、以後、嫦を恐れているところがある。領主の血筋とはいえ、一介の祭祀官に過ぎぬ青年だったのだから、あんな場面を見せられたら怯えて当然だろう。

巫女王の言った、愛してくれる、という言葉のさす行為がどんなものだか、嫦にはわからない。自分がそれを理解することは、ないのではないか、と嫦は思っている。

瑕は柔和な青年で、嫦だけでなく、どんな相手にも慇懃《いんぎん》な態度を崩さない。領主というのはおおよそ生まれたときに託宣がくだるので、領主たるべく育てられる。だから自覚も威風も備わるのである。瑕はそう言う。史であっただけあって、歴代の領主について、その生い立ちや偉業に詳しい。瑕のように、成人してから託宣を受けるというのはめずらしいのだという。

かといって瑕は領主の役目を放り出して臣下に任せきりにするわけでもなく、淡々と働いている。厲君によって荒らされた朝廷も人心も、それによって落ち着いてきた。海から吹く風は、いやな風ではない。海神は満足している。

嫦も、瑕と話していると、爽《さわ》やかな風に吹かれているような心地になる。穏やかで、およそ荒々しいこととは縁遠い青年だからだろうか。だが、そのうち嫦は、逆に己が血のにおいの染みついた、彼とはまるで違う人間であるということを感じずにはいられなくなった。瑕からは清風が吹いてくるが、己から漂うのは血の風である。厲君に限らず、婢のまわりは幼いころから死と血のにおいで満ちていた。

『海神の娘』はその出自に貴賤《きせん》の別はない。荒《すさ》んだ暮らしを送っていた者もすくなからずいる。婢もそのひとりである。

死臭と血にまみれたあのころの暮らしを、ふり返ったことなどなかった。瑕とともに暮らして、夜眠るときには彼がかたわらにいる、そんな日々が当たり前になって、婢は、己をおぞましく思うようになった。

健やかで清々しい瑕の寝顔や、その胸にある美しい文身を眺めては、婢は、己の顔に残る火傷の痕を指でなぞる。

この傷は、婢の罪のあかしだった。

*

ある日、鉱山を管理している工尹《こういん》が、ほとほと困り果てた様子で瑕に助けを求めてきた。

「祟りだと、坑夫たちは申すのです。これまで無理な採掘で死んでいった坑夫たちの祟りだと……」

鉱山に、幽鬼が現れるという。ひとりではなく、何人も。

「いまは採掘が減っておりますから、そのぶん、これまで無茶な掘り進めかたをした坑道を検《あらた》めたり、打ち捨てられた坑道が山崩れを起こさぬか見て回ったりしております。幽鬼が現れるというのは、その打ち捨てられた坑道のひとつでございまして……」

その坑道に入ると、暗がりのなかに浮かびあがる何人もの人影がある。薄ぼんやりとしたそれらはどうも、金鉱石の採掘をしているらしい。死してなお、暗闇のなかで岩を掘っているのである。

「坑夫も役人も、怖がって近寄りません。しかし、放っておいて盗賊のねぐらになっても困りますから、見回りはしなくては……」

工尹はため息をついて肩を落とす。「昔は、石の採れなくなった坑道は盗賊どもの格好の隠れ家でした。たびたび崩落があったり、やたらめったらに採掘するようになって、居づらくなったのかいまは姿を見ませんが」

「魂鎮《たましず》めの祀《まつ》りでも行わねばなりませんか」

瑕が言うと、工尹は上目でうかがうように見て、もじもじしている。

「なんですか？」

「いえ、その……祀りとなると、執り行うまでにいささか時を要しましょう。お妃様に祓《ばっ》除《じょ》をお頼みすることは、できぬでしょうか」

――婢に？

瑕は天井を仰いだ。手っ取り早く祓ってほしい、ということだ。べつに、筋違いの頼みではない。祀りを行うならどのみち、婢の力が必要になる。鉱山は沙文の大事な恵みの山でもあった。恵みとは、すなわち、海神の恵みである。

「やってくれるかどうか、訊いてみましょう」

お願いいたします、と工尹は床に額《ぬか》ずいた。

婢は、鉱山に赴くことを渋《しぶ》った。いや、渋ったというより、はっきり「いやだ」と言った。

「鉱山には行きたくない」

「どうして」

「……………」

「この島に来たかぎりは、鉱山とかかわりなくはいられませんよ。いずれにしても、亡くなった者たちの魂を鎮める祀りは行わねばなりません」

婢は顔をしかめて黙り込む。

「鉱山になにかいやな思い出でも？」

瑕はそう口にして、はたと思い至った。

——顔の傷にかかわりがあるのでは……。

勘というより、それくらいしか思い当たらなかったのである。瑕は婢のことをなにも知らない。

ううん、と瑕は頭を捻《ひね》る。

「ひと前に出るのがおいやでしたら、布を被ってゆくとか……あるいは、輿《こし》に乗って帳を垂らして、坑口の周囲にも帳で目隠しを……もしくは、坑道が怖いのなら、なかには入らずともかまいませんし」

婢の表情がぴくりと動いた。それですこしわかる。

——怖いのか。

たしかに坑道は、暗いし、狭いし、息苦しい。落盤の危険もじゅうぶんありうる。婢をそんな危ない目に遭わせるわけにもいかない。

「そうですね、坑道のなかは危険を伴いますから、祀りは外で行いましょう。それでいかがです？」

婢は迷っているようだった。視線が揺らいでいる。

「……でも、それで幽鬼が鎮められるかどうか」

「できなかったら、そのときはまたべつの方法を考えましょう」

そう言って笑いかけると、婢は瑕の顔をじっと見つめて、小さくうなずいた。そんな仕《し》草《ぐさ》は、いとけない少女のように見えた。

思えばこのとき婢は、とても不安だったのだろう。瑕の言葉だけを頼りに、鉱山に向かうことを決めたのだ。

島内に鉱山は数多《あまた》あり、それらにかかわるのはなにも坑夫と役人ばかりではない。採掘に従事する坑夫にも種類があるし、石の選別にかかわる者、製錬に携わる者、鍛冶《かじ》師、商人、採掘に使う道具類を作る職人と、さまざまな者たちがいる。彼らは山のふもとに住み、そうなると当然彼らにものを売る者も集まり、花街もできて、そこは大きな集落となる。山は多く海岸に迫っているので、集落は港町でもあった。活気のある場所である。領主のいる城もそうした港町の一角、海に面した崖《がけ》の上にあった。瑕と婢を乗せた馬車は城の門を出て、鉱山に向かう。

鉱山の山肌は、一見すると蜂《はち》の巣《す》のようだった。古くから採掘がつづけられているので、あちこちに坑道があるのである。昔は深く掘り下げる技術がなく、湧水《ゆうすい》に行き当たれば採掘をやめ、また新たな場所を掘っていったため、蜂の巣の様相を呈する。そしてその内側といえば、蜂というより蟻《あり》の巣のようであった。入り口はひとつでも、道は下へ、あるいは左右へと複雑に広がっているのだ。湧水を外に排出するための水貫《みずぬき》と呼ばれる排水坑道や、煙貫と呼ばれる換気のための坑道もあった。

幽鬼が出るという坑道は、島の最も採掘のさかんな鉱山の、中腹近くにあった。とうに打ち捨てられた坑道で、奥のほうは崩落で埋まっているそうだ。釜《かま》の口と呼ばれる坑口――坑道の入り口は、丸太や石を積んで崩れぬように補強されているものだが、ここは生い茂る蔦《つた》や草に半《なか》ば覆われ、石は苔《こけ》むして丸太は腐りかけている。坑道内は水がしみだしているのだろう、しずくの滴る音が響き、じめじめとして、奥の暗闇が濃い。入り口から覗いただけで不気味だった。

「風の強い日などは、ここから気味の悪い音が響いてまいります。地の底から響くような音でございまして、肝が冷えます」

工尹が坑道の奥を気味悪げに見やり、瑕をふり返る。

「夜昼の区別なく、幽鬼はぼんやりと現れて、そのうち消えるのでございます。坑夫には金穿《かなほり》や水替穿子《ほりこ》、荷揚穿子といろいろおりますが、いずれも過酷な労働です。金銀を掘る者で、四十を過ぎた者はいないとさえ言われるほど。採掘のさいに出る、金銀の毒気のある埃を吸うのがいかんのですな。ただでさえそのような有様ですのに、厲君は坑夫たちに、金を採らねば家族皆殺しだなどと脅して酷使しましたので、彼らは死しても家族のために働いておるのでしょうな……」

憐れむように言って、工尹はため息をついた。

「どうぞ、彼らをもう休ませて、楽土へと渡らせてやってください」

工尹は深々と婢に礼をして、うしろへとさがった。婢は藍の衣をまとい、薄布を頭から被っている。

婢は一歩、入り口へと進む。彼女の背後に立つ瑕は、目配せして周囲にいる侍官や役人たちをさがらせた。

婢の体を、うっすらと霧のようなものが取り巻く。耳飾りから生まれる霧だ。婢が坑道のなかを指さすと、霧はゆっくりとそちらへ流れていった。

しばらくして、坑道の奥から、細い風の音が聞こえてきた。冬木立を吹き抜ける風のような、さびしい音だった。

――いや。

と、瑕は眉をひそめる。これは、ほんとうに風の音か？

うう……うう……と、何人もの唸《うな》る声のように聞こえてくる。うめき声、苦しみ悶《もだ》える声。これは幽鬼たちの声なのか。

ふらりと、婢が前に足を踏みだした。坑道の入り口へと向かっている。被った布が頭から落ちたが、婢は気にする様子もなく、なかへと入ってしまう。そのまま奥へと進んでゆくようだったので、瑕はあわてた。侍官を伴い、急いであとを追う。なかは暗く、狭い入り口から外の光はじゅうぶんに届かない。それでもなにも見えぬほどの暗闇ではなかった。婵の背中が見える。藍の衣なので、この暗がりのなかでは見えにくい。瑕は声をかけていいものかどうかわからず、ひとまず黙って婵のすぐうしろについて歩いた。婵の足どりはたしかで、躊躇することなく進んでゆく。奥になにかあるのだろうか。だんだんと暗さが増し、目の前にいる婵の姿も見えづらくなってくる。侍官が手燭に火をともした。そのとたん、婵が勢いよくふり返った。

「……火はだめ！」

叫んで、婵は奥に向かって逃げるように駆けだした。

「婵！」

火を消すよう侍官に告げて、瑕は婵のあとを追った。婵の足は速く、まるで明るい草原を走っているかのようだった。地面は岩場で歩くのにも難しく、濡れているからすべりやすい。おまけに暗いときている。どこに下へとつづく道が掘ってあるかもわからず、足もとを気にしながら追いかけていた瑕は、あっというまに婵の姿を見失った。坑道は一本道ではない。奥に進むにつれて何本もの分かれ道があり、どちらに向かったかわかるはずもなかった。途方に暮れる瑕の横を、すいと風が通った。鳥のはばたきが聞こえる。黄褐色に黒の鱗模様の入った翼が見えた。

「祁祁」

暗がりのなかで、祁祁の姿はぼんやりと光っているかのようだった。祁祁は瑕の上を一周すると、さきへと飛んでゆく。ついてこい、ということだろう。瑕は闇に浮かびあがる祁祁の姿を追った。いつごろからか、侍官たちの足音は聞こえなくなっている。あたりの暗闇が濃さを増している。

「婢……婢？　どこにいますか」

瑕は暗闇に呼びかける。ここは、はたして坑道のなかなのだろうか。いつのまにか、どこか見知らぬ場所に足を踏み入れてしまったのではないか、という恐れがあった。ただ淡く光る祁祁の姿だけが頼りだ。荒い息を吐いて、瑕は祁祁を追いかける。祁祁は下へ、下へとおりてゆく。瑕は、削った丸太をかけただけのはしごを、冷や汗をかきながらおりた。そのあとは、また鳥の姿を追って奥へと向かう。

ヒィー、ヒョー、と祁祁がさえずった。狭い道の奥で旋回する。そこにうずくまる人影を見つけて、瑕は駆けよった。膝をかかえた婢だった。

「怪我でもしましたか」

呼びかけると、婢はゆっくりと顔をあげた。暗くて表情はよく見えない。瑕は近づき、かたわらに膝をついた。婢の肩に手を置いて、顔を覗き込む。婢は疲れ切った顔をしていた。

「怪我は――」

重ねて問おうとすると、婢はかぶりをふって否定する。膝をかかえた手が震えていることに、瑕は気づいた。

「……なにがあったんです？」

そういえば、あの風とも唸り声ともつかぬ音は消えている。嫜は唇をきつく結んで、答えなかった。

「ともかく、いったん外に出ましょうか。立てますか？」

瑕は嫜の手をとり、立ちあがるのを助ける。嫜はふらつき、瑕がその体を支えた。おそらく陽の下で見れば、青い顔をしているに違いない。いったい、なにがあったというのだろう。幽鬼が現れたか。だが、それだけで嫜がこうも怯えるとは思えない。

祁祁がひと声、鳴いた。甲高く、鋭い声だった。嫜がはっと顔をあげる。坑道の奥に目を向け、肩で息をする。瑕の腕に置いた手に、力がこもった。

「なんだ……？」

瑕は耳を澄ました。音が聞こえる。か細い風音——いや。

唸り声だ。

「……この坑道はとうに打ち捨てられて、盗賊のすみかになっていた」

嫜が両手で耳を覆い、口を開いた。

「わたしはここにいた。ここに住んでいた」

「ここに？」

瑕は驚いて訊き返す。——こんな場所に？

「幽鬼の出る坑道と聞いて、すぐここを思い描いた。幽鬼が出るだけの理由があるのを、わたしは知っているから」

婢の声はうわずっていた。顔を歪め、かすかに震えている。

「わたしはここで暮らしていた。捨てられたのか、盗賊どもに攫われたのか知らない。わたしは盗賊たちと暮らしていた——」

唸り声を聞くまいとするかのように、婢は饒舌《じょうぜつ》に語りだした。

物心ついたときには、盗賊の根城で女たちと一緒にいた。女たちのなかには盗賊の妻だったり身内だったりもいたが、それ以外は攫われてきた者たちだった。けっこうな大所帯で、盗賊が仕事に出かけぬあいだは、乱痴気騒ぎだった。攫われた女は売られてゆくのでしばしば顔ぶれが変わった。なかには売られることなく盗賊の女になる者もいたが、どちらが幸福だったろう。

子供だったわたしは、そうした女たちに育てられた。盗賊の女だとか、売られてゆくさだめの女だとかだ。風も通らぬ薄暗いなかで、酒と汗のすえたにおいが満ちて、女の悲鳴や泣き声、あるいは嬌声《きょうせい》が響く、そんな暮らしがごくふつうのものだと思って生きていた。

売り物だからといって、べつに大事に扱われるわけではない。それはどの女もおなじだった。盗賊の売るものなど、どうあってもさして高値はつかぬのだ。質より量だ。盗品はおおよそ、ほかの島へ運ばれてゆくようだった。積み荷のなかには金もあった。どうも、彼らは下っ端の役人を脅すなり抱き込むなりして、金を横流しさせていたようだ。おそらくそれが最も儲《もう》けのある仕事だったろう。だから、盗賊というよりは、金商崩れといったほうがいいのか。

子供はわたしのほかにも二、三人いたと思うが、いずれも女の子で、わたしがいちばん年下だった。そのうち少女たちも売られていって、わたしひとりになった。盗賊たちは子供より女を攫うほうに熱心だった。子供は男でも女でも、食うわりに働けぬと買い手に敬遠されるせいだ。子供を欲しがるのは歌舞音曲を仕込んで名妓《めいぎ》を育てたい妓楼だが、仕込みがいのある器量と性根を持った子供というのはすくない。その点おまえはうってつけで、きっと高値で売れるだろう、とわたしは盗賊たちに言われていた。あのころわたしは、それが褒め言葉だと思っていたんだ。笑えるだろう?

ある冬のことだ。攫われてきた女のひとりが死んだ。女たちは攫われてきてすぐは泣き暮らすが、やがて抵抗をやめ、従順になり、媚《こ》びるようになる。これ以上ひどい目に遭わないために。わたしだってそうさ。盗賊たちの顔色をうかがって、機嫌をとっていたんだから。それが当たり前だと思っていた。盗賊たちの機嫌が悪いときは、わたしも殴られることがあった。そういうときは、ほんとうに怖かった。ほんとうに……。体が縮こまって、震えることしかできない。だから、おまえは高値で売れると機嫌よさそうに言われると、ほんとうにうれしかったんだ。そんなことが。

その死んだ女は従順になることなく、日々ひどい目に遭っていた。どうしてあんなに強情なのだろう、とわたしは不思議だった。苛々《いらいら》もした。盗賊の機嫌が悪くなれば、こちらにとばっちりがくるからだ。実際には、盗賊たちの機嫌が悪くなることはなく、むしろ面白がってその女をいっそういたぶっているようだった。ほかの女はすぐおとなしくなるから面白くないのだと、盗賊たちは笑っていた。

その女が逃げだしたのは、早朝のことだった。盗賊たちは朝になると眠るんだ。だが、逃げ切れるものでもない。女はすぐに捕まって、連れ戻された。それからどんな惨い目に遭ったかなんて、言わなくたってわかるだろう。ああいうのは、すぐに殺しはしないんだ。なぶり殺しさ。刑罰で首を刎ねられるほうがずっとましだろう。一瞬だからな。女は三日生きた。生かされたと言ったほうがいいか。

だが――その女の心は、わたしのなかのなにかを変えた。わたしを揺さぶって、芯《しん》に宿って居座った。

女は最期まで命乞いをしなかった。恐ろしかったのに、わたしは陰から女がなぶり殺される様子を見ていたんだ。あんな強いまなざしをした女を、ほかに見たことがなかった。

あんなに弱いのに。簡単に攫われて、組み伏せられて、逃げたってすぐ捕まる。それだけ弱いのに、あの女は屈しなかった……。女が死んだあと、わたしはずっとその骸を眺めて考えていたよ。抵抗するということ、生きるということ、そんなことを。

かといって、すぐ逃げだそうとは思わなかった。考えなしに逃げたって、すぐ捕まる。でも、どうしたらいいか、子供なりに知恵を絞って考えたよ。いちばんいいのは、混乱に乗じて姿をくらますことだ。行方も追えないほどの混乱。そんなものは自分では起こせないから――というより、子供が起こせるような混乱など知れているから、起こるのを待つしかない。

それが起こったのは、わりあいすぐだった。崩落さ。

岩盤がもろくなっていたのか湧き水のせいか知らないが、奥のほうから何度か崩れた。最初の崩落が起こってすぐ、盗賊たちは金目のものを持ちだして逃げるために、あたふたと駆け回っていたよ。そのうち煙たくなってきた。誰かが燭台でも倒して、火がついたのだろう。あたりはいっそう、逃げ惑う悲鳴と怒声に包まれた。この機を逃してはならない。わたしは大人たちの視界に入らぬよう、身を低くして、入り口に向かって逃げた。火の手は思った以上に早く回って、煙が立ちこめ、肌に熱を感じた。行く手にも炎があがっていた。燃えているのは人間だった。男か女かもわからない。のたうちまわるそれを避けて、女たちが悲鳴をあげて逃げ惑っていた。わたしは彼女たちのひとりにぶつかって転び、燃えているその者の上に倒れた。顔の左側に痛みを感じたが、立ち止まっている暇はないと、すぐに起きあがって走った。夢中で走った。

盗賊の根城は坑道奥深くにあって、入り口は遠い。何度目かの崩落で、入り口に向かう途中でも岩が崩れて、道を塞《ふさ》いでしまっていた。だが、幸いにして下のほうに隙間《すきま》があった。子供ひとりくらいなら通れる隙間だった。岩が崩れ落ちたらおしまいだが、そうなったら入り口に通じる道はほかにないから、どのみち助からない。ためらいはなかった。わたしはその隙間に体をねじ込んで、這い出た。そのあとは、ただひたすら逃げた。うしろをふり返ることはなかった。足もとに煙が細く漂ってきて、焦げ臭いにおいがかすかにした。悲鳴やうめき声が風のように聞こえていた。そう――この声。この声だ。

この声を背に聞きながら、わたしは逃げたんだ。助けを呼ぶとか、誰かに知らせるとか、そんな考えはよぎりもしなかった。ただ逃げた。あの場には盗賊たちばかりではない、哀《あわ》れな女たちもいた。それでもわたしは――。

坑道から出ると、外は夜だった。月夜だ。それでなんとか山をおりることができた。山道をくだるあいだもうしろから追っ手がやってこないか不安だったが、その気配はなかった。大丈夫そうだと思うと、顔の痛みが増してきた。焼けて裂けた皮膚に夜風があたるだけで、爪先《つまさき》から脳天に突き抜けるような痛みが走った。汗と涙がしみるのも、耐えられぬほどの激痛だった。明かりの見えるふもとの家までたどり着いたところで、わたしは気を失った。

わたしが倒れたのは大勢の石工を抱える裕福な石屋の庭さきで、そこの夫婦が親切だったから、命をつないだ。鉱山で使う石磨《いしうす》を作る家だったよ。石屋の夫婦は医者を呼んで、わたしが快復するまで看病してくれた。盗賊のすみかだった廃坑道で崩落が起きて、盗賊たちが皆死んでしまったらしいということは、噂で聞いた。廃坑道のうえ、死んだらしいのが盗賊だから、誰もさして同情も関心も寄せなかった。石屋の夫婦は、それとわたしとを結びつけては考えなかったようだった。わたしはなにも話さなかった。どう解釈したのかは知らない。ひどい目に遭って逃げてきた娘だと思っているようではあった。

石屋の世話になって、ひと月ほどたったころだろうか。海神の島から使いがやってきたのは。藍の衣を着た媼たちがやってきて、わたしを海神の島へとつれていった。媼も巫女王も、わたしの身の上や傷の理由などは、訊きもしなかった。誰にも話したことはない。きっとわたしは、媼のように、あの島で年老いてゆくと思っていた。わたしが嫁ぐことなどないと思っていたのに。それが、よりによって、この島に——おまえに嫁ぐことになって。そのうえ、ここに、戻ってくることになるなど……。

すべて、海神の思し召しなのだろうか？　では、どうせよと仰せなのか。わたしに、どうしろと。あの声が聞こえて、気づいたらここまで来ていた。わたしはこの岩の向こうから、逃げてきたのだ。ここに現れる幽鬼は、この声は、坑夫たちのものではない。焼け死んだか、岩に押しつぶされて死んだ盗賊たち、そして、女たちのものだ。幽鬼たちの声が、わたしを責め立てる。ひとりだけ逃げおおせて、助けも呼ばず、見殺しにしたと。うめき声が、耳に突き刺さる――。

嬋は耳を覆ったまま、その場にまたうずくまる。

「嬋……」

瑕は嬋の肩に手を置いたが、かける言葉が見つからなかった。唸るような声は、崩落した岩の向こうから聞こえてくる。背筋が寒くなる。とにかくここからは離れたほうがいい、と思えてならなかった。全身に鳥肌が立っている。

「立てますか、嬋。立てないようなら、背負って行きますから――」

嬋の両肩に手を置いたときだった。地面に震動を感じた。寒気が一瞬にして冷や汗に変わった。坑道で震動が起こるというのは――。

「伏せて！」

瑕は叫び、嬋に覆い被さった。轟音が響き渡る。ややほっとしたのは、その音がすぐ近くではなく、ふたりの上に岩が落ちてくるということもなかったことだ。だが、どこかで崩落が起こったのは間違いない。体を起こした瑕は、周囲に目を凝らす。暗くてよく見えないが、土埃が舞っているのはわかった。祁祁が飛んでゆき、すぐ引き返してくる。その姿がほのかに光っているおかげで、すこしばかり様子が見えた。瑕は青ざめた。

崩落が起こったのは、前方だった。祁祁が引き返してきたあたりが岩で埋まっていた。

瑕は立ちあがり、そちらに近づく。間近で見れば、暗くとも道が岩に塞がれているのがわかる。手でなぞり、空間がないか確かめた。こぶしが入るほどの隙間はあるが、とても向こうには通れない。

「……閉じ込められたのか」

かすれた声で嫿が言った。瑕はふり返る。

「私たちがここにいることは、皆わかっています。崩落があったことも、音で聞こえているでしょう。すぐ助けが来ますよ」

嫿はゆるくかぶりをふった。

「岩は、すぐにはどけられない……それに、またつぎの崩落があるかもしれない」

いつになく、嫿は弱気になっている。瑕は彼女のそばに戻って、腰をおろした。嫿の背中を撫でさする。

「忘れてはいけませんよ、あなたは『海神の娘』だ。神の加護があります」

嫿はまるで小さな子供に立ち戻ったかのように、心細げな、半泣きの顔をしている。瑕は微笑して、彼女の頰を撫でた。

「大丈夫です」

婢は瑕の手を払った。

「傷に触れないで」

「婢」

瑕は婢の肩をつかんで、引き寄せる。

「その傷は、罰ではありませんよ」

はっと、婢が瑕を見た。

「あなたがあなたである証《あかし》です。崩落と火事のなか、あなたは己の力でただひとり生き延びた。己の覚悟と勇気で生き延びたのです。それは罪ではありません。誰もあなたを罰しません。あなたはなにも恥じる必要はない」

瑕には、小さく縮こまり震えるしかなかった幼い婢が、目の前に見えるようだった。そんな子供が、崩落に遭い、怪我も負って、いったいどれほどのことができただろう。逃げる勇気を持っただけでじゅうぶんだ。そもそも婢がそんな目に遭ったのは、盗賊のせいである。哀れな女たちが死んだのも、盗賊のせいである。瑕は、無性に腹が立ってくるほどだった。婢が傷つき、苦しむことではない。

瑕は、唸り声の響いてくる暗闇をにらんだ。

「婢、あなたは彼らの死になんら責めを負う必要はありませんが、昔のなにもできなかったあなたとは違って、いまのあなたには、たったひとつ、できることがあります」

「え……」

「海神の思し召しがあるのだとしたら、そのためにあなたをここに寄越したのかもしれない。それは彼らを救うと同時に、あなたも救うことだから」

瑕は暗闇を指さした。

「彼らの幽鬼を祓うことです。魂を楽土に送ってやり、つぎの生へとつなげること。それはいま、あなたにしかできない」

嬋は、見開いた瞳で瑕を凝視していた。瑕は彼女の肩を励ますように撫でる。

「あなたなら、できます」

嬋は震えたまま、おそるおそる、唸り声のするほうへと顔を向けた。呼吸が荒くなる。右手が瑕のほうに伸ばされたので、瑕はその手を握りしめた。

岩が重なり塞いだ道には、小さな子供ひとり通れるくらいの、隙間がある。あれが嬋の通り抜けた隙間だろう。唸り声はそこから大きく響いてくるようだった。幽鬼の姿はまだない。『海神の娘』を恐れているのか。だが、隙間を見つめるうち、そこからなにか黒いものがにゅうっと出てきた。嬋が瑕の手をぎゅっと握りしめる。瑕はそこにもう片方の手を重ねた。

黒いものは、ゆらゆらと揺れて、ひとの形を作る。影のようだった。それがいくつも立ち現れて、坑道のなかで揺れている。ある影は壁を手で搔き、ある影は地面に這いつくばり、ある影は身をよじっている。金の採掘ではない、逃げ道を求めて悶え苦しんでいるのだ。黒い影なのは、焼け焦げて死んだからか――それに気づいて、瑕は背筋が冷えた。

婢は荒い呼吸をくり返していたが、やがてそれは深い、静かなものに変わった。瑕の手を握りしめたまま、婢はふらつきながら立ちあがった。瑕も婢を支えて立ちあがるが、彼女は瑕の手を放して、前へと踏みだした。

婢は深く息を吐き、目を閉じる。耳飾りが風もないのに揺れはじめ、珠のこすれ合う清らかな音が響いた。あたりをしだいに乳色の霧が包んでゆく。霧は濃くなり、婢の姿も黒い影も覆い隠した。

ゆっくりと、霧は晴れてゆく。いや、一ヵ所に集まっているのだ。周囲の霧は薄くなり、婢の姿が見える。婢の手のひらのあたりに、霧は集まっていた。

婢は、手の上に集まった霧の塊に、ふうと息を吹きかけた。するとたくさんの白い小さな鳥となって、飛び立った。その鳥が影にぶつかると、影は溶けるように消える。鳥はそのまま壁に衝突する、かと思ったら、壁のなかに消えていった。通り抜けたのか。

「鳥は、魂を運ぶ。楽土まで」

婢が言う。鳥たちは次々に影を吸収し、壁の向こうへと消えてゆく。隙間から坑道の奥のほうへも鳥は飛んでいった。そのさきで浮かばれぬ幽鬼を取り込み、楽土へと運んでゆくのだろう。

鮮やかだった。

影は見る間にいなくなり、苦悶のうなり声も消えてゆく。気づけば、あたりには清澄な気配だけが漂っていた。そのなかに立つ婢は、やはり美しかった。

「お見事……」

瑕はつぶやき、婢のもとへと歩み寄る。婢はちらと瑕を見あげ、顔を背けた。

「いいものを見ました。ありがとうございます」

「……礼を言うのはわたしのほうだ。おまえのおかげで祓えた。ありがとう」

婢は顔を背けたままだったが、そう言った。瑕はうれしくなる。

「お役に立ててなによりです」

笑う瑕に、婢は力が抜けたように息を吐いて、ちょっと笑った。

「だが、わたしたちは助かったわけではない。ここから出ねば」

「そうですね」

瑕は崩落で埋まったところまで歩いてゆき、向こう側に耳を澄ましてみる。しかし聞こえる物音はなく、どれだけ道が埋まっているのか、さがしている者たちはいるのか、皆目わからない。

婢も近づいてきて、道を塞ぐ岩を見あげている。

「ずっと向こうまで埋まっていたら、ことだな」

「そうですね……」としか答えられない。いったいどうしたものか。侍官たちは皆、瑕と婢をさがしているはずだが、ここがわからないのか、それともここまでの道でも崩落があって進めないか。声を張りあげて呼んでみても、はたして声が嗄《か》れる前に彼らに届くかどうか。とはいえ、呼んでみるしかないか——と息を吸い込んだとき、婢がうしろをふり返った。

「祁祁」

瑕もふり向くと、祁祁が宙を旋回していた。婢はなにかに気づいたような顔で祁祁のほうに駆けよる。周囲を見まわし、壁を手でさぐる。

「どうしました？」

「風が——」

壁を撫でながら、婢は言った。

「どこかから、風が吹いてる」

瑕は驚いて、手をあげてみる。感じられる風はない。その辺を歩き回ってみた。すると、たしかに細く、指先に風を感じた。瑕はその風をたどる。婢のいる壁のほうから吹いているようだった。だが、婢のさがすあたりよりも上から、風は来ているように思う。瑕は婢の頭上に手を伸ばしてみた。暗いなか、自分の目線よりも上の場所は、よく見えない。手でさぐっていた瑕は、「あっ」と声をあげた。

――穴がある。

崩落でできた穴なのか、もとからあるものか。いずれかわからないが、ともかく、穴が開いている。どれくらいの穴なのか、瑕は大きさを手で確かめる。

「ひとが通れるくらいの穴があります」

瑕が言うと、「祁祁」と嬋は鳥を呼んだ。祁祁が飛んでくると、そのほのかな光が穴を照らした。奥は真っ暗で見えないが、たしかに穴があった。整っていない形からして、自然にできた穴のようなので、崩落でできたものか。風が来るということは、外か、あるいはべつの坑道に通じている。

「祁祁、見てきてちょうだい」

嬋は穴を指さした。祁祁は、すい、と穴のなかに入っていった。待つあいだ、ずっと見あげているのも首が疲れるので、瑕は壁にもたれて座った。嬋も隣に腰をおろす。なにか話したほうがいいだろうかと思っていると、嬋が口を開いた。

「おまえは、わたしが怖くないのか」

「怖い……？　いいえ」

嬋は瑕のほうを向いて、じっと顔を見つめる。祁祁がいなくなったので、嬋の表情はよく見えない。

「厲君を鱶に食わせたのに？」

「あのときのあなたは——」暗闇であっても、口にするのは、すこし気恥ずかしい。「美しかったですよ」

婢が戸惑っているのが、気配でわかる。

「変なことを言って、すみません」

瑕はすぐに謝った。

「……いや……」

しばらく沈黙したあと、婢は言った。

「怖がってないなら、いい」

「あなたは、がっかりしたのではありませんか。私のような者が沙文の君で」

「え？」

「領主らしくないでしょう」

「……領主らしい者がよい領主とは限らない。厲君は、ある意味、領主らしい男ではあった」

なるほど、と思う。

「がっかりは、してない」

そう言われて、瑕はほっとした。

「おまえが沙文の君で、よかったと思う」

その言葉には、かっと頬が熱くなった。同時に胸のなかは、ほのかな明かりがともったようにあたたかくなる。

瑕は膝をかかえた。

「不思議ですね。毎晩一緒にいるのに、こんな話をしたのは、はじめてのような気がします」

「最後にならねばいいが」

「そんな……」

瑕が婢のほうを向くと、婢は笑い声を洩らした。冗談だったらしい。

「きわどい冗談がお好きなんですね」

「きわどくはない。ほら、祁祁が戻ってきたぞ」

婢が言ったとたん、穴から祁祁が飛び出してきた。宙を旋回したあと、婢の肩にとまる。

「ごくろうだったな。——行けるようだぞ」

「外に通じているのですか?」

「そこまではわからないが……祁祁の様子だと、穴を通っていってもよさそうだ」

瑕は穴を見あげ、うなずいた。

「では、私がさきを行きますから、あなたはうしろからついてきてください」

崩落したところから足場になりそうな岩をさがし、かかえて運ぶ。それを踏み台にして、穴に這いあがった。当然なかは暗いが、祁祁がすいと飛んできて、ほのかに明るくなる。瑕は坑道に向き直り、嫏に手を貸してその体を引きあげた。

穴は大人ひとりが這って進める程度の大きさで、壁を触ってみると、やはりひとの手で掘削されたものではないのがわかる。祁祁が前方を照らしてくれるなか、瑕と嫏は穴を進んだ。

「海神の島のことを、訊いてもかまいませんか」

しゃべっていたほうがいいかと、瑕は這いながら口を開いた。手足はすでに土埃にまみれている。

「かまわないが、知らないことのほうがたぶん多い。わたしたちは海神の宮から出ることはほとんどないから」

「宮では、『海神の娘』は機織りや染め物をすると書にありましたが」

「そうだな。楽《がく》をする者もいる。わたしは嫗に剣を習った」

「ああ、それで——」

瑕は、厲君の腕を切り落とした嫏の姿を思い出した。

「あなたに剣を教わろうかな。教えてくださいますか？」

「無事にここを出られたらな」

「そんな軽口をおっしゃるということは、出られるのでしょう」

瑕は笑った。穴は下方向にゆるやかに傾斜しているようで、次第に穴というより亀裂になり、幅が広くなる。

「巫女王とは、どんなかたです？」

「十四、五の少女に見えた」

「へえ……書にもそう書いてあったな。何歳で代替わりするんですか？　『海神の娘』のなかから選ばれるのでしょう？」

「わたしも知らない。すくなくともわたしのいるあいだ、代替わりはなかった。霊子様――巫女王の姿を見たのは一度きり、わたしに託宣がくだされたときだけだ。ふだんは姿を見てはならぬと言われている」

「あなたがたにも秘されているのですか。巫女王は、名も受け継ぐのですね。書に残っている名前はずっと『霊子様』だ」

「ずっと？」

「ええ、ずっと。書に記録が残っているのはおよそ三百年前からですが、そのときからずっとです」

「三百年より前は？」

「さあ……」

「そのころも巫女王が島々を治めていたのか？」

「そうだと言われてます、いえ、書かれています。ほかの島にはもっと古い記録もあるでしょう。沙文は、昔は二領にわかれて争っていましたから、古い記録が失われているんです」

「ふうん」

婢の反応は、興味があるのかないのかわからない。しばらく進むうちに傾斜がきつくなり、瑕は体を起こして、足から下におりてゆく。あたりが薄明るくなってきた気がする。亀裂はさらに広がり、瑕はかすかに水の流れる音を聞いた。

「もしや――」

「なんだ？」

「水の音がします」

瑕は逸《はや》る気持ちを抑えて、慎重に足を運んだ。滑り落ちて怪我をしてはたまらない。ぱらぱらと細かな石や砂が足もとから崩れて落ちてゆく。ゆっくりおりてゆくと、足が平坦《へいたん》な地面を踏んだ。はっとして足もとを確かめ、周囲を見まわす。水音がする。もうすこし明るいと、あたりが見えるのだが。

「祁祁」と婢が呼ぶ。祁祁は瑕の頭上を一周した。ほの明るいなかに、暗く狭い道が浮かびあがる。地面には溝が掘られて、水が細く流れていた。

「水貫だ」

瑕の声が壁に反響する。下までおりてきた婀が「水貫？」と訊き返した。

「山を掘っていると、そのうち湧水に行き当たります。それを外に排水するための坑道ですよ」

「つまり、ここから外に出られると？」

「そうです。——崩落で塞がっていなければ」

婀の肩で羽を休めていた祁祁が、ふたたび飛び立つ。外に向かって案内してくれるつもりのようだ。瑕と婀はそのあとを追った。

「鳥はひとの魂を楽土へ運ぶと言いますが——」

祁祁を見あげて歩きながら、瑕は言った。

「『海神の娘』の魂は、楽土ではなく、海神の宮へ運ばれるというのはほんとうですか？」

「死後も海神に仕えるのだという。ほんとうかどうかは知らない。死んだことがないからな」

「ふふ……」

婀はよく冗談を言うようになった。瑕は目を細めたが、「もしほんとうなら、私の魂とは、べつのところへ行ってしまうということですね」とすこしさびしい気持ちで言った。

実際、死後のことなど、わかりはしないが。

「誰だって、死んだらそこで終わりだ。わたしも、おまえも。それまでともにいればいい」

瑕は思わず足をとめた。婥の口からそんな言葉を聞くとは思わなかった。婥も足をとめたが、気まずそうに顔を背けて、すぐ歩きだす。瑕は彼女を追いかけ、笑みが浮かぶのを抑えられなかった。

「ええ、一緒にいましょう。最後のときまで」

瑕は婥の手をとる。一瞬、婥は固まったが、彼女に似合わぬおずおずとした動作で、瑕の手を握り返した。

婥の表情を、いま、明るい日差しのもとで見ることができないのが、ひどく残念だった。


水貫は、無事、外に通じていた。土埃に汚れながらも怪我もなく己の足で歩いて出てきた瑕と婥を、臣下たちは歓喜で迎えた。彼らは坑道のなかをさがしていたものの、道は崩落により塞がり、どうにもならぬと絶望に沈んでいたらしい。崩落に巻き込まれた者がひとりもいなかったのは、幸いだった。瑕と婥は海神のご加護が厚いと、これまた島内の評判となった。

瑕は婥に剣を習いはじめたが、到底向いていないとすぐに悟り、やめた。代わりに、史

書を語って聞かせ、解説することもあれば、意味のよくわからないところを議論すること
もあった。

『嫁いできた『海神の娘』が語る巫女王は、いずれもおなじような容姿で、おなじような年齢だというのは、どういうことでしょうね」

記録のなかでは、巫女王について、いつも言及されているわけではない。だが、記述があるときは、決まっておなじように表現されている。十四、五歳ほどの小柄な美しい少女。額に鱗のような痣がある。

「おなじなのかもしれないいな」

婢はそうつぶやいた。

「え？」

「いずれもおなじ、ただひとりの少女なのかもしれない」

「まさか――」瑕は笑ったが、いや、と思い直した。巫女王は半分、神の世界の住人である。あり得ないとも言えないのではないか。

「もう一度記録を見直せば……いや、ほかの領の記録と付き合わせれば、わかるかもしれませんね。そう、それはやってみる価値があります。この島だけでなく、全島の記録を合わせて、ひとつの史書を編む試みです。そうすれば巫女王の正体も」

「それは、やめておいたほうがいい」

「どうしてです？」

「わたしたちだって、つねには『見てはならない』と言われていた巫女王だ。その正体を暴こうなどと、思わぬほうがいい。障りがあったらどうする」

自分の思いつきにいくらか興奮していた瑕は、冷静な嬋の声に落ち着きを取り戻した。巫女王の正体がわかったところで、沙文になにか得があるわけではない。瑕の好奇心が満たされるだけである。むしろ、それで巫女王の怒りを買ってしまうかもしれない。領主として、そんな危険はおかせない。

瑕は指で頬をかいた。

「そうですね。やめておきましょう」

「そうしておけ」

窓の外から祁祁のさえずりが聞こえた。祁祁も嬋とおなじことを言っているような気がした。


このののち、瑕と嬋は、沙文の歴代の領主と『海神の娘』のなかでもとりわけ仲睦まじいふたりだったと記録には残されることになる。つぎの領主は令尹・薄姑鮑の孫だったが、託宣がおりたと知らされたのを機に、鮑は令尹の職を退き、息子にも政に加わることを許さなかった。

瑕は史書の整理と研究をつづけ、うっすらと巫女王の正体に気づいたが、それを誰にも話すことはなかった。

年老いた嬋が死ぬとき、瑕はそのかたわらにいて、手を握っていた。嬋が息を引き取ったあと、祁祁が彼方《かなた》の空へ飛び去ってゆくのを、瑕はずっと眺めていた。

琳<ruby>り<rt></rt>ん</ruby>と蕙<ruby>け<rt></rt>い</ruby>

琳《りん》と蕙《けい》はともに十歳で『海神の娘』に選ばれて、島へとやってきた。

琳は花陀の名家の生まれで、目のぱっちりとした、明朗な少女だった。母親は次期領主の乳母であり、つまり琳は次期領主の乳母子《めのとご》だった。

次期領主は、職《しょく》といい、生まれ落ちたその日につぎの領主であると託宣がおりた。健やかな男児で、琳は彼がどういう者かよくわかりもしない年頃から遊び相手のひとりに選ばれた。母親は琳の母親である前に職の乳母であり、琳は彼女に甘えた記憶がない。琳には侍女がつけられていたが、琳は長らくその侍女を母だと思っていた。職を甘やかし、ときには叱り、躾《しつけ》を行っている女が自分の母だと知ったときの驚きといったら。琳は職と遊ぶのがいやになったが、職は琳を気に入り、追いかけっこでも馬乗りでも、琳がいないと承知しなかった。

――甘ったれな子。

というのが職に対する琳の評価だった。若竹の枝を折って作った笞《むち》で職を追い立てると、職は転んで泣いた。琳は母にすさまじい形相で叱りつけられた。職がおなじことをすれば、『いけませんよ、若君』と、穏やかに教え諭《さと》すのに。納得がいかずに琳はその場から逃げ、厨の竈《かまど》の陰に隠れて泣いた。真っ先に琳を見つけたのは、職だった。職は神妙な面持ちで、なにを言うかと思ったら、「竈からは離れたほうがいいよ」とささやいた。

「竈のなかに、竈の神様が入っているんだよ。痩《や》せこけていて、煤だらけなんだ。それがときどき、這って出てくる。見ちゃいけないんだって……」

青い顔をして、職はちらちらと竈の穴を見やる。灰と炭で汚れた黒々とした穴を琳も見て、そこからにゅうっと這い出てくる煤だらけの何者かを想像した。すっと胸の下あたりが冷えて、琳はそろそろと竈の陰から出た。職は琳の手を握り、黙って立たせる。琳も黙り込み、静かに竈から離れた。厨から出ようとしたとき、竈のほうからごそごそと音がして、ふたりは声もなく逃げだした。あとから思えば鼠《ねずみ》か蛇でもいたのだろう。ただそのときのふたりには、得体の知れない化け物が竈から這い出てくるように思えて、必死で逃げたのだ。

竹林まで走ってきたところで、ふたりは足をとめた。ぜえぜえと息を吐き、汗をぬぐう。手に竈の煤がついていたのか、琳の顔は汚れた。職は懐《ふところ》から手巾《しゅきん》をとりだし、琳の顔を丁寧に拭いた。まるで侍女のように。

「僕のこと、嫌わないで……」

琳の顔を拭きながら、職は泣きそうな声で言った。職は聡《さと》い子供で、幼いながらに琳の母親を奪っていることをよくわかっていた。

琳は、胸がきゅうっとなった。思わず「うん」と、うなずいていた。このときから、琳は職を邪険に扱うことはなくなったし、職はいっそう、琳にべったりになった。なんでも「琳、琳」と呼ばわり、めずらしい渡来品をもらったときでも、おいしいお菓子をもらったときでも、かならず琳に見せ、与え、あるいは分け合った。職は泣き虫で、癇癪《かんしゃく》持ちで、甘ったれだったが、大人が宥《なだ》めても聞かないことを、琳が諭せば聞いた。琳はそれが妙にくすぐったく、落ち着かない気持ちになると同時に、うれしくもなるのだった。

十歳になった年、海神の島から使者がやってきた。琳は『海神の娘』に選ばれたという。島々を統べる巫女王がいて、海神のいる島があるということは、琳も知っていた。選ばれた巫女たちがその島に集い、領主のもとへ嫁ぐことも。だが、まさか自分がその娘のひとりになろうとは、思いもしなかった。たった十歳で両親のもとから引き離され、誰も知る者のいない島へひとり、渡ることになる。周囲は名誉なことだと喜ぶ者と、まだ子供なのにと不憫《ふびん》がる者と、両方いた。祝福しながら不憫がる者もいた。父はしおしおと涙をこぼし、母はむっつりと黙っていた。いちばん、泣いていやがったのは、職だった。職があまりに泣くので、琳は、泣きそびれた。宥めるのに懸命になった。

「いつか、戻ってきて」

職はしゃくりあげながら、そんなことを途切れ途切れに訴えた。

「僕の花嫁として、戻ってきて」

領主の花嫁を選ぶのは海神であり、琳にはどうしようもない。それでも琳は、「うん、わかった」と答えるしかなかった。泣きじゃくる職の背中を撫でながら、ほんとうにそうなればいいのに、と願った。

琳を乗せた舟が遠ざかってゆくのを、職は岬から、ずっと眺めていた。

＊

蕙は花勒に生まれ、両親は貧しい漁師であり、物心ついたときには領主の屋敷で下働きをしていた。目鼻立ちは整っているが、どこかさびしげな面差しで、おとなしい、従順な性質の少女だった。

両親は家にいてもおたがい会話らしい会話もなく、もそもそと食事をかきこむだけで、目もろくに合わせない。それでも蕙の上には兄がひとりいて、下にも弟妹がいた。家にいるときよりも屋敷で働いているときのほうがまともにご飯を食べられるので、蕙は暇をとることもなくよく働いた。親に似ず賢く、かつ狡《ずる》さは持ち合わせていない子供だったので、ほかの下働きの大人たちから可愛がられた。まわりの大人たちはやさしいし、なにかと食べ物をくれるので、蕙は領主の屋敷にいるのが好きだった。

領主の屋敷にいるのが好きだった理由には、もうひとつある。領主の跡継ぎである男児が、蕙と同い年で、ときおり声をかけてくれるからだ。男児は索《さく》といった。病弱で、季節の変わり目になるとかならず熱を出して寝込む。海が荒れる日や、長雨のときにも体調を崩す。熱は引いたがまだ横になっていなくてはいけないという退屈なとき、索は蕙や、あるいはほかの下働きの子供を呼んで、なんでもいいから話を聞きたがった。お付きの者はいい顔をしなかったが、索は同年代の話し相手が、それも索の顔色をうかがう躾の行き届いた臣下の子供ではなく、下働きくらいの子供の話し相手が欲しかったらしい。蕙はなにかと落ち着きのない、動き回って埃を立てる男児ではなく、おとなしい女児であったために、お付きの者からの許しが出た。

といっても、蕙にたいした話ができるわけではない。語り上手でもない。ただふだん周囲で見聞きしたことや、両親の仕事のことなどを、とつとつと話すだけだ。それでも潮風が体によくないからと城からほとんど出たことのない索には新鮮であるようで、冒険譚《たん》でも聞いているかのように目を輝かせていた。

索は物静かで、すこしかすれた穏やかな声の少年だった。肌は青白く頰はこけて、唇はつねに乾いていたが、品のある面差しで、やさしげな瞳をしていた。

「海のなかって、どんなふうなんだろう。冷たいの？　あたたかいの？」

そんな素朴な問いを蕙に投げかけ、

「いつか海で泳いでみたい。魚をとってみたい。大きくなって、体が丈夫になったら……」

決まってさびしげにそう言う。

索はつぎの領主だと託宣がおりているから、いくら病弱でも、死ぬことはない。周囲はそう考えてはいるものの、もし万一死ぬことがあったら、神罰がくだるかもしれない。そう恐れてもいた。だから真綿でくるむように索を世話している。

蕙は、か細い体をしているが、丈夫で熱など一度も出したことがない。下働きの蕙がたやすくできることを、なんでも手に入れられる立場にいる索が、やってみたいと願ってもできない。蕙にはそれが不思議だった。世のなかには、ままならないことがある、と、十歳に満たないうちに知った。

「若様に、わたしの体の丈夫さを、差し上げられたらいいのに」

蕙がぽつりと言うと、索はほんのりと微笑した。

「私は、おまえが丈夫で、よかったと思うよ。熱を出すのは、苦しいから」

索はやさしい少年だった。言葉を交わすたび、蕙は索のやさしさが胸にしみ込んでくるように思えた。

『海神の娘』に選ばれた、と使者がやってきたとき、両親の反応は鈍かった。はあ、そうですか、とぼんやりした表情で言っただけだった。

「もう会えないなんて……」

索は、しんみりした顔で言い、うなだれた。ふだんよりも顔が青白く翳って見えて、その儚《はかな》さに蕙は胸を打たれた。

「いつか戻ってきます」

気づけば蕙はそう口にしていた。『海神の娘』が島を離れるのは、嫁ぐときだけだ。蕙は深く考えて言葉にしたわけではなかった。

「戻ってきます。ここに……若様のもとに」

索は静かに蕙を見つめて、手を伸ばした。その手が蕙の手をとる。索の手は、熱があるのか、熱かった。

＊

琳を乗せた舟が海神の島の船着き場に着いたとき、ちょうどべつの舟も一艘、着いたところだった。水手が綱を杭にくくりつけている。その舟には同い年の少女、蕙が乗っていた。

『海神の娘』を乗せる舟を漕ぐ水手というのは決まっていて、どこの領にも属さない、巫女王直轄の島に住む海人《あま》の一族が担っていた。彼らはよく陽に灼けた肌にそろいの文身を彫っている。琳の舟の水手も綱で舟を杭に繋《つな》ぐと、ものも言わずに琳を抱えあげ、砂場におろした。使者である媼もともにおりる。さきに砂場におりていた蕙は、不安そうに視線をさまよわせていた。その目が琳に向けられる。琳は、蕙の頼りなげに揺れる瞳を見たとき、職を思い出した。その瞬間から、琳は、蕙に親しみを抱いた。

「ねえ、あなたはどこからやってきたの？　わたしは花陀」

そう話しかけると、蕙はおずおずと、

「花勒」

とか細い声で答えた。

琳はにっこりと笑い、蕙の手をとった。ぬくもりが、思いのほか琳の胸を落ち着かせた。手をぎゅっと握って、「いっしょに行こう」と言うと、蕙は黙ってうなずき、すこしほっとしたように、小さく笑った。

生まれも育ちも違うのに、不思議とふたりはすぐに打ち解けた。

島に着いて、まずふたりは巫女王のもとへとつれていかれた。巫女王の殿舎は、海神の宮の奥にある。海神の宮は、城のように牆《かき》で囲われているわけでもなければ、たいそうな門があるわけでもなかった。ただ一対の木の柱が立つ向こうに、青い甍を葺《ふ》いた殿舎が建ち並んでいる。柱には文様が彫り込まれていたが、琳にはそれがどういう意味を持つ文様なのだかわからなかった。柱の上部に苧の束がくくりつけられている。なにかのまじないだろうか。媼につづいて柱のあいだを通ると、胸の奥に涼しい風がすっと吹き抜けたような、清々しい心地がした。

殿舎は細い道を挟んで左右対称に造られている。道はきれいに掃き清められており、白砂がまかれていた。歩くたびにじゃりじゃりと音がする。道はずっと奥までつづいている。そこにひときわ大きな殿舎があるのが見えてきた。それが巫女王の殿舎だった。正面の階《きざはし》は使わず、媼はぐるりとうしろに回る。そこにさらに殿舎があり、そのなかを奥へ、奥へと進んでゆく。回廊に出て、何度も角を曲がり、細い川が現れて、橋を渡り、また回廊がつづく。最初は物珍しさに周囲を眺めていた琳もうんざりしてきたころ、媼はようやく足をとめた。目の前に大きな扉がある。それが音もなくゆっくりと開いた。

水のにおいがする、と琳は思った。しかし扉のさき、広々とした堂のなかに水気はなく、がらんとしていた。奥に帳が垂らされており、壇の上に誰かが座っているらしい気配がする。媼が静かに帳の前に進み、平伏《へいふく》した。

「霊子様、娘をふたり、おつれしました。——これ、おまえたち、こちらへおいで」

媼に手招きされて、琳と蕙は進み出た。媼のうしろに座る。

「かわいらしい子たち……」

さやさやと風がそよぐような美しい声が聞こえた。琳ほど幼くはないが、それでも十代前半であろう少女の声だった。

「親元を離れるのは、さびしかったでしょうに。ひさしぶりに娘を選んだと思ったら、いっぺんにふたりもなのだから、海神は欲張りね。——よく世話をしてやってちょうだい」

あとの言葉は、媪に向けたものだった。はい、と媪は答える。

「機織りを教えるのは、まだいいわ。遊びたい盛りでしょう。禊だけは、欠かさぬように」

それきり、声は聞こえなくなった。話はもう終わったということだろう。目通りがすんで、媪はふたりをつれて堂を出ると、来た道を戻った。

「いまのが巫女王、霊子様だよ。いいかい、霊子様のお姿を見ようとしてはいけないよ。霊子様とお会いできるのは、ただ一度、託宣がおりて嫁ぐことになったときだけだ」

歩きながら、そう説明する。

「おまえたちの仕事は、ほかの娘たち同様、機織りになるが、霊子様のおっしゃるとおり、まだいい。どのみち、体が小さくてはまともに機織りなどできぬ。できるようになるまでは、好きに過ごしておればよい。遊んでいても、ほかのことをしていても。ただし、島から出てはならぬ」

琳も蕙も、うなずいた。

「おまえたちがせねばならぬことは、朝夕の禊だ。毎日、日の出と日の入りのときに、島でいちばん大きな川が流れ込む入り江で行う。これはけっして怠らぬように。細かいことは、ほかの娘たちが教えてくれよう」

「あの」

琳は口を開いた。媼は立ち止まらぬまま、視線だけちらとうしろの琳に向けた。

「領主に嫁ぐ娘というのは、どうやって決まるんですか」

「託宣だ。決まっておろう。決めるのは海神だ」

なにを当たり前のことを、と言いたげに媼は言った。

「とくべつなことをしたら選ばれるとか、そういうことじゃあ、ないんですか」

「ない」

媼の答えは簡潔で、きっぱりとしていた。

「海神の思し召しを、己に引き寄せようなどとせぬことだ。それは浅はかなこと」

すべては、海神の思し召し――と、媼はくり返す。足をとめてふり返り、琳の瞳をじっと見つめた。琳はたじろぐ。

「わかったか」

琳は首を縮め、「はい」と答えた。

媼はふたたび歩きはじめ、それからはしゃべることもなく、黙ったままだった。ふたりは宮の入り口にあったあの不思議な柱にほど近い殿舎につれてこられた。そこが琳と蕙の住まいだという。ふたりだけでなく、ほかの娘たちも居住している。琳と蕙にはふたりでひとつの室が与えられた。左右の壁際に寝床がひとつずつ据えられた、小さいが清潔な室だった。格子窓からほの白い陽光がふりそそいでいる。媼が出ていって、夕べの禊まではすることがない。殿舎のなかはしんとしている。ほかの娘たちは、べつの殿舎で機織りに励んでいると媼が言っていた。

室内をひととおり眺めて、琳はくるりとふり返る。蕙がびくりと肩を揺らした。

「どっちがいい？」

出し抜けにそう問うと、蕙は目をしばたたいた。「どっち、って……？」

琳は左右の寝床を指さす。

「寝る場所。あなたはどっちがいい？」

「……どっちでも……、おなじでしょう？」

「あら、そんなことないわ。右肩を下にして壁に向かって寝ないと眠れないとか、その逆とか、いろいろあるでしょう。眠りやすいかどうかって、とても大切よ」

「そ……そう……？」

蕙は当惑気味に左右の寝床を見比べ、

「わたしは、とくに……。どこでも眠れるから」

「そうなの？　すごいのね。わたしは体の右側を下にして、壁を背にしないと落ち着かないの。お化けが出るんじゃないかって怖くなるんだもの。じゃあ、わたしがこっちに寝てもいい？」

琳は右側の寝床を指さす。蕙はうなずいた。おとなしい子だ、と思う。寝床に腰をおろし、ぽんぽんと褥をたたいてみる。蕙もおなじように反対側の寝床に腰をおろし、褥を撫でた。

「いい褥……」

蕙が感嘆まじりにつぶやく。

「そう？」

「こんなやわらかい褥で寝たことないわ。いつも蓆《むしろ》にくるまって地べたに寝てるから」

琳は、はっと息を吸い込んだ。蕙はきれいな顔をしていて、衣も絹の上等なものだったから、良家の娘なのだろうと思い込んでいた。よくよく見れば、手はあかぎれがひどく、指先は泥が染み込んだように汚れている。きっと洗っても落ちないのだ。そういえばさきほど手を握ったとき、妙にごわごわしていた。琳は生家の屋敷で働いている男女を思い出した。彼らの手に似ている。蕙はそういう家の娘なのだ。衣はおそらく、この島に来るにあたって領主が与えたものなのだろう。

そう理解したとたん、琳はどんな会話をすればいいのかわからなくなり、口をつぐんだ。うかつにしゃべれば、蕙を傷つけることを知らず知らず口にしてしまいそうな気がしたからだ。

「わたし、領主様のお屋敷で下働きをしていたの」

琳の狼狽《ろうばい》を知ってか知らずか、蕙はにこりと笑った。

「両親は漁師で……きょうだいはたくさん。お屋敷のひとたちはみんな親切で、若様もとてもおやさしいの。わたしの話を、にこにこして聞いてくれて」

「若様……つぎの花勒の君？」

「うん、そう」

「若様と仲がいいの？」

驚いて訊くと、蕙はどこか誇らしげに頰を紅潮させてうなずいた。

「若様は、お体が弱いの。それで、床に臥《ふ》せっていると退屈だからと、お話を聞きたがるの。お付きのひとが、わたしはうるさくしないし、埃も立てないからって、お目通りを許してくださって……」

「じゃあ、若様とお友達なのね」

琳はうれしくなった。琳も似たようなものだったからだ。

「あのね、わたしも花陀の若君とお友達なの。わたしの母が若君の乳母だったから、遊び相手になっていたのよ。わたしたち、似てるわね」

蕙は目をぱちくりさせて琳を見た。

「花陀の若君は健康ではあるけど、ちょっと甘えんぼなのよ。わたしが『海神の娘』に選ばれて、いなくなってしまうと知ったら、泣いてしまったわ。だからわたし、若君と約束したの。戻ってくるって」

「戻って……?」

「そう」

「それって、託宣で花嫁に選ばれないと――あっ、だからさっき、あのおばあさんにあんなことを訊いたの?」

蕙はすぐそこに思い至ったらしい。利口だ。

「そうなのよ。やっぱり、託宣は神様次第で、努力でどうにかできるものじゃあないのね」

はあ、と肩を落とす。約束を守るには、託宣で職の花嫁に選ばれるしかない。

「でも、そう望みのない話じゃないのかも……」

蕙がためらいがちに言った。

「どうして?」

「花陀の若様は、何歳くらい?」

「わたしと同い年よ。十歳」

「霊子様は、ひさしぶりに娘を選んだと思ったら——とおっしゃっていたでしょう？『海神の娘』が選ばれるのはひさしぶりだということよね。ということは、いまいる娘のなかでは、わたしたちがきっといちばん年下なのだわ。ほかのひとにまだ会ってないから、たしかではないけれど……。花嫁に選ばれるのは、歳の近い者がほとんどだと聞いたから、すくなくともいま、その若様の花嫁に選ばれる望みが高いのは、わたしたちなのではないかしら」

「あ……」

「このさきどうかは、わからないけれど。でも、『海神の娘』って、そうたくさん選ばれるわけじゃないでしょう？」

「そう……そうね」

琳は、まじまじと蕙の顔を眺めた。

「あなたって、冴えてるのね。頭がいいんだわ」

「そういうわけじゃ……」

蕙は恥ずかしそうに顔を赤らめ、うつむいた。

「ただ、ずっと考えていたから。どうしたら花嫁に選ばれるのかなって。それだけなの」

「あなたも花嫁になりたいの？」

そう訊いてから、あっと思った。

「わかったわ。あなたも若様の花嫁になりたいのね、お体が弱いっていう花勒の若様の」

蕙の顔はますます赤くなった。

「いま思えば、身の程知らずなことを……でも、約束したから……」

琳はにっこり笑った。

「わたしたち、おなじね。うれしい」

蕙も、はにかんだ笑みを浮かべた。

「わたしも、うれしい。一緒に『海神の娘』に選ばれたのが、あなたでよかった」

陽が海に沈むころになると、ほかの娘たちが機織りから戻ってきた。娘は四人で、いずれも琳と蕙より五歳は上の娘ばかりだった。

彼女たちは琳と蕙を見て、なぜかがっかりしていた。

「新しい娘がふたりも来るって聞いてたのに、その体格じゃあねえ」

「まだ機織り、できないでしょう」

機織りをする娘が増えると期待していたらしい。

「いま人手が足りてないのよ。大柄な子が来てくれたらよかったのに」

「こないだ嫁入りした娘がひとりいて、あと媼にあがった娘もいて——だいたい二十歳を超えるとね、媼になるのよ。何歳ってはっきりと決まっているわけじゃないけど。媼は、霊子様のお世話とか、娘を迎えに行く使者だとか、そういう役目をこなすのよ。機織りは娘の役目。あと禊――あらやだ、もたもたしてたら陽が沈んでしまうわ。入り江に行かなくちゃ」

丁寧に説明してくれた娘が、窓を見て慌てる。

「ほら、あなたたちも、急いで。着替えを持ってね。ついてきて」

琳と蕙は室内に用意されていた藍の衣を抱え、娘たちのあとをついていった。来たときにも通った、二本の柱のあいだを通り、海に向かう。道はなだらかな坂道になっている。途中で脇道に入り、木々の生い茂る林道を抜けると、川のせせらぎが聞こえた。眼下を大きな川が流れている。娘たちは川沿いに道をくだり、海辺に出た。静かな入り江だ。河口から海へと流れ込む砂が堆積して、砂州となっている。その向こうに沈みかかった夕陽が見えた。

娘たちは砂浜の上に藍の衣を脱いで置き、海へと入ってゆく。琳と蕙もそれにならい、着ていたものをすべて脱ぎ、娘たちのあとを追った。

海の水はぬるかった。足が砂に埋もれる。波が引くたび、砂がざらざらと足首をこすっていった。娘たちは頭まで海に浸かっている。琳も水中に潜った。すぐに息が苦しくなり、顔を出す。荒い息を吐きながら顔をぬぐい、目を開けると、正面に夕陽が見えた。陽はもう半分ほどが海中に沈んでいる。海上が銀色に輝き、その光の道はまっすぐ琳のほうへと伸びていた。厳かな光だった。

――陽は海に沈み、海中で禊をして、ふたたび海から現れる。

昔、祖母だったろうか、そんなふうに教えられた覚えがあった。いま、陽は一日の穢れを落とすため、海中に没するのだ。

琳は、陽と海から、祝福されているような気がした。夕陽から海上に伸びる輝きが、琳の身のうちに満ちてゆく。琳は深呼吸をくり返した。ふと横を見ると、蕙が夕陽の輝きに目を細めている。蕙も琳とおなじ心地になっているのかもしれない。蕙も琳のほうを見た。ふたりはどちらからともなく、ほほえんだ。

*

蕙はその晩、やわらかな褥に身を横たえて、安らいだ息を吐いた。ちら、と向かいの寝床をうかがう。暗がりのなか、琳の姿はよく見えないが、もう静かな寝息が聞こえてくる。琳は、きっといい家の子供なのだろう。佇まいですぐにわかった。蕙が下働きの娘だと知っても、琳は蕙を蔑むことも、ぞんざいに扱うこともなく、親しみのこもった態度のままだった。そのうえ、蕙とおなじだと言ってくれた。蕙の胸のうちは、あたたかくふくらんでいる。

一緒になったのが琳でほんとうによかったと、蕙は心の底から思った。

これも、海神の思し召しなのだろうか。

――今日見た夕陽は、とても神々しかった。

海上は鱗のように銀色に輝き、それが蕙たちに向かって伸びていた。あのとき蕙はぼんやりと、海神を肌身に感じたような気がした。

――わたしはきっと、約束を果たせる。

琳と一緒なら……。

蕙の脳裏に、索のやさしげな顔が浮かぶ。蕙が『海神の娘』に選ばれたと知って、さびしげに沈んだ顔、蕙の手をとったときの熱。そんなものが、記憶によみがえっては消える。

索との思い出に浸りながら、蕙もまた、眠りについた。

＊

翌朝、琳と蕙は朝の禊をすませて、食事を終えると、もうすることがなくなった。ほかの娘たちは機殿《はたどの》へ出かけてしまった。しんとした殿舎のなかで、琳と蕙は顔を見合わせた。

「どうする？　遊んでていいって言われたって、ねえ」

「うん……」

ほかの娘が機織りに勤《いそ》しんでいるかたわらで、声をあげて追いかけっこするわけにもいくまい、と琳は思う。子供ながら思案した琳は、気兼ねせずにすむ場所へ行けばいいのだ、と考えた。

「島のなかを、探検しよう」

「探検？」

「わたしたち、この島のこと、全然知らないでしょ。それに宮の外でなら、大きな声を出したり笑ったりしたって、大丈夫そうだもの。まわりを気にして遊ぶより、いいと思わない？」

「……迷わないかな？」

蕙は不安そうに言った。うーん、と琳は腕を組む。

「じゃあ、あなたはなにで遊びたい？　あなたのやりたい遊びをしましょうよ」

「え……」

蕙は困った顔で口ごもる。

「いつもどんな遊びをしてたの？」

「遊びは……。若様とお話しするほかは、働いていたから……」

あっ、と琳は動揺した。そうだ。蕙は下働きの娘だったのだ。琳のように遊びほうけていたわけではない。顔がかあっと熱くなった。

「あ……うん、じゃあ、ええと……」

うろたえてしどろもどろになっていると、蕙が、

「探検にしよう。あなたが言うなら、きっと楽しいんでしょう、探検って」

と笑った。琳はほっとして、「うん」とうなずいた。

ふたりは外に出ると、殿舎を離れ、一対の柱のあいだを通り抜ける。宮を出ると、なんとはなしに不安になって、どちらからともなく手をつないだ。坂道の上で海のほうを眺めた琳は、とりあえず坂をくだった。禊の入り江へと向かう脇道に入り、川沿いに出ると、ゆるやかな斜面から河原におりた。琳は上流に向かって歩きだす。石がごろごろと転がっているので、足場は悪い。蕙は琳に手を引かれて、おとなしくついてくる。

「川沿いを進めば、迷わないと思うの。川さえ見失わなきゃ、大丈夫」

子供の浅知恵ではあるが、琳は自信たっぷりにそう言い、蕙もうなずいた。

しばらく進むと、川は大きく蛇行《だこう》し、支流にわかれていた。川には丸太の橋が渡してあり、支流のほうへと渡ることができる。琳は蕙をふり返った。

「あっちの川をくだってみよう。どこに出るのかな」

あたりには木々が生い茂り、支流のさきは見通せない。琳はわくわくして橋を渡り、支

流沿いを歩きはじめた。川は細く、水はすくない。そういう時季だからだ。透き通った水のなかに、魚が泳いでいる姿が見えた。あたりを取り囲む木々の緑は青々として、陽光に照り映えていた。

「ねえ、林のほう……」

　蕙が琳の袖を引っ張った。同時に、行く手の左側にある茂みが音を立てて揺れた。獣か、と琳は足をとめる。大きな獣だったら、厄介だ。ぎゅっと蕙と手を握り合い、身構えていると、茂みをかきわけ、なにかが顔を出した。琳も蕙も、目を丸くする。それが、どう見ても獣などではなく、少年だったからだ。

　海神の島は、男子禁制である。それくらい、島に来る前から知っている。

「だ……誰っ」

　琳はぎゅっとこぶしを握って、声をあげた。ほんとうは大きな声を張りあげたつもりだったのが、震えてかすれた声しか出なかった。

　少年はふたりをじっと眺めて、茂みから河原へとおりてきた。袖の短い藍色の上衣と短《たん》袴《こ》に身を包んでいる。琳たちより二、三歳は上だろうか。よく陽に灼けた顔をしていた。

「誰って、俺は蛇古《だこ》族だよ。おまえたち、新入りか？　その衣、『海神の娘』だろ」

「蛇古族……？」

「媼に教えてもらってないか？　おまえたちを舟で送り迎えする海人の一族がいるって」

「ああ――」

名前までは聞いていないが、そうした一族のことは、たしかに聞いている。

「どこの領にも属さずに、巫女王直々の一族だって……でも、どうしてこんなところにいるの？」

少年は困ったような顔をした。

「媪たちも、ちゃんと教えといてくれないと、こういうとき困るなあ。もっとも、島をうろうろする『海神の娘』もそうはいないけど。あのさ、俺たちの暮らす島はもちろんほかにあるけど、巫女王の御用を聞くには、この島にいないとだめだろ。だから交代でこの島に詰めてるんだ。島に長居するのは海神がいやがるから、遠浅の沖合に小屋を立ててさ。いまは島の見回り。ほかにもいるよ」

とうとうと少年は説明した。なるほど、とうなずきつつも、琳は、「見回りって、どういうこと？」と問いを重ねる。

少年は、すこし小馬鹿にするように笑った。

「なんにも知らねえのな」

琳は、むっと少年をにらんだ。「わたしたち、昨日この島に来たのよ。知らないに決まってるでしょ」

蕙は琳と少年をはらはらと見比べている。少年は快活に笑った。

「気が強いな。悪かったよ。でも、気をつけろよ。あんまり子供がうろうろしてちゃ、危険だぞ」

「子供って……あなたも子供じゃない」

「おまえたちよか、年上だよ。あと二年で文身も入れられる。そしたら大人だ」

そういえば、少年には琳を送ってきた水手のような文身はなかった。

「文身を入れたら、大人なの？」

「そうさ。海神の僕のしるし。あれがあると、鱶に襲われない。海神の僕同士だとわかるから」

「ふうん……」

知らないことがたくさんある。「危険って、どうして？　獣が出るの？」

「獣ならいい。この島の獣は『海神の娘』を襲いはしないから。人間だよ」

「人間が危険なの？」

「この島は、漁師もいなけりゃ狩人《かりゅうど》だっていないし、木を伐《き》るやつもいない。だから、こっそり盗みにくるやつらがいるんだよ。魚や、獣や、木や、めずらしい植物、鉱物なんかをな」

琳は驚いた。なんて罰当たりな。

「ほんとうに？　神罰が怖くはないの？」

「神罰より儲けが大事なのさ。そういう意味では、宝の島だからな、ここは」

はあ、と琳はあきれた息を吐いた。とんでもないひとがいるものだ。

「とくに水の涸《か》れるいまの時季は、密漁がある。毒流しで魚をとるもんだから、海神が怒ってたいへんだ」

「毒流し……」

琳は蕙のほうをふり返った。「知ってる？」

うん、と蕙はうなずく。

「山椒《さんしょう》の木の皮を削って臼《うす》で搗いて、煮て、そこに灰を混ぜたものを、川に流すの。ほかにも毒になる植物はたくさんあるんだけど……。そういうのを流して、浮いてきた魚をとるの。でも、若い魚とかまで死んじゃうし、海神がお怒りになるからって、やっちゃいけないって言われてる」

「そもそもどの領でも禁じてるんだよ」と少年が補足した。「神罰の前に捕まっちまう」

「だから、この島に来てこっそりやるの？」

「そう」

琳は川を見やる。透き通った、美しい川だ。こんな川に毒を流そうだなんて……。

「じゃあ、俺見回りがあるから」

少年は琳たちから離れ、河原を下流に向かって歩きだす。琳はそのあとを追いかけた。

「なに？」

「一緒に行っていい？」

「ええ？」

少年は困ったように眉を動かした。「楽しいことなんか、なんにもないぜ」

「まだなんにも知らないから、なに見ても楽しいわ」

ね、と琳は蕙を見る。「うん」と蕙はうなずき、「よく知ってるひとについていったほうが、安心だし……」とつけ加えた。

「しかたねえなあ。迷子になられても困るし」

と言い、少年は琳たちがついてくるのを許した。

少年は、名を弥那利《ミナリ》といった。弥那利は島のことや、海神のことを、あれこれ教えてくれた。

「毒流しは海神が怒るって、さっき言ったろ？　だからあえて、毒流しをするって場合もあるんだ」

「どういうこと？」

「海神が怒ると、嵐になる。つまり、大雨が降る。旱《ひでり》のときなんかはさ、だから、わざと海神を怒らせて、雨を降らせるんだ」

「へええ……」

「でも、そんなのはやっぱり浅はかなことだって、長老は言ってるよ。都合よく海神を操ることなんて、できやしないんだから。大雨を降らせたはいいけど、それがずっとつづいて、邑《むら》が水没しちゃったりする」

「あなたって、物知りねえ」

琳が感心すると、弥那利は得意げに「へへっ」と笑った。

歩くうち川は蛇行し、両岸に生い茂る木々にあたりは鬱蒼《うっそう》と暗さを増す。川の上にまで伸びた枝葉が陽を遮っている。弥那利がとつぜん足をとめた。なんだろうと琳は弥那利の背後から前方を覗き込む。すると、川に人影が見えた。大人の男だ。それも三人。彼らは川の浅瀬で洗濯物を踏み洗いしているように見えた。弥那利とおなじ、蛇古族のひとたちなのだろうか、と思ったが、琳は弥那利の顔色を見て、違うことを悟った。

弥那利はまなじりを吊《っ》りあげ、怒りの色を露わにしていた。

「おい、やめろ!」

叫ぶやいなや、弥那利は男たちに飛びかかっていた。男たちは驚きの声をあげ、弥那利を突き飛ばし、あわてた様子で岸にあがる。弥那利は男のひとりの衣をつかみ、逃がすまいと引っ張っている。

「毒流しよ」

蕙が琳に身を寄せ、震える声でささやいた。

「蒂にくるんだ毒を、さっきみたいに川のなかで踏んで水に溶かすの。……ほら、魚が浮いてきた……」

その言葉に川を見れば、魚が一匹、また一匹と川面《かわも》に浮かんでいる。魚たちはまったく動く様子がなく、白い腹を見せている。無残な光景だった。

——密漁だ。

琳はぞっと背筋が冷えた。

「なんだ、子供ひとりじゃねえか」

衣をつかまれた男が言い、弥那利を思いきり殴りつけた。弥那利が水しぶきをあげて倒れる。琳は悲鳴をあげ、蕙は琳にすがりついた。男たちがふり返る。

「また子供か。いや、こいつらは……」

「『海神の娘』か？　でもまだ子供だぞ」

「この衣はそうだろ」

男たちはそんな会話をしたかと思うと、無言で視線を交わす。いやな目つきだった。琳は蕙の手を握り、あとずさった。

「海人のガキは始末して、娘ふたりは花陀で海商に売っちまおう」

男のひとりがぼそりと言った。

「『海神の娘』だろ。罰があたんねえか」

べつの男が言うのを、もうひとりの男が鼻で笑った。「いまさら」

弥那利がはじかれたように立ちあがり、

「逃げろ！」

と叫んだ。男のひとりに体当たりして、しがみつく。琳は震える蕙を引っ張り、駆けだした。早く大人を呼んでこなければ、と思った。

「逃がすな！　海人のやつらに見つかると面倒だ」

しがみつく弥那利を殴りながら、男が叫ぶ。もうひとりの男が追いかけてくる。琳は恐怖で力が抜けそうになる足をなんとか動かし、蕙とともに走る。だが、懸命に逃げたところで、子供の足である。大人の足に勝てるわけがない。すぐにうしろから琳の肩が乱暴につかまれて、引き倒された。手をつないでいた蕙も一緒に転ぶ。琳は川原の石に打ちつけた腕の痛みにうめいた。

「おい、死なせるなよ」

「わかってるよ。俺は加減がうまいんだ」

そう答えて、男は琳の喉をつかみ、ぐっと力を入れた。息が苦しい。

「苦しいかい、お嬢ちゃん」

男はぞっとするような猫なで声を出した。にやにやと笑っている。

「なに、ちょっとやそっと首絞められたくらいじゃ死なねえから、安心しな。気絶するだけさ。おとなしくしてくれるんなら、やめてもいいんだがな」

琳は必死にもがいた。男は舌打ちして、さらに手に力をこめた。頭がきゅうっと絞られたように痛み、瞼《まぶた》の裏がちかちかする。気が遠くなったとき、

「うわっ」

という男の声とともに、力がゆるんだ。琳は遮二無二腕をふりまわし、男の手から逃れた。咳《せ》き込《こ》みながら男のほうを見ると、その腕に蕙が噛みついていた。

「くそっ、痛えな」

男は蕙の顔を殴りつける。蕙のか細い体がはじき飛ばされた。琳はとっさに蕙の体に覆い被さった。男が蕙をさらに蹴《け》りつけようとしたからだ。体に受ける衝撃を覚悟して、ぎゅっと目を閉じ、固くなる。そのときだった。

林のほうから鳥のはばたきが聞こえた。

「かくも愚かな……」

冴えた声がして、琳は目を開けた。男は蹴ろうとしていた足をとめる。とめざるを得ない響きの声だった。

その声は耳のなかにしみ入るようにして、はっきりと聞こえてくる。

「やめよ、おまえたち」

その場にいた全員が、声のほうを見あげる。向かい岸、木々を背に、大きな岩場の上に

少女が立っていた。美しい藍の衣を身にまとい、長い裾が風にはためいている。おろした長い黒髪は陽光に輝き、顔は白い。額に化粧なのか傷なのかわからないが、痣のようなものがあった。琳がいままで目にしたどの人物よりも、美しい少女だった。

――この声。これは……。

聞き覚えがある。

少女は涼やかな目を川面に向けた。死んだ魚たちが浮かび、流れの淀んだ川の端にひっかかっている。次いで少女は、殴られて顔を腫《は》らした弥那利に、倒れ込む琳と蕙に視線を移す。琳は、少女の瞳が燃えあがるようにきらめくのを見た。

「神罰を恐れぬ愚か者どもよ、海神の怒りを知れ」

玲瓏とした声が響いたかと思うと、背後の林から数多の鳥がはばたいて現れた。おびただしいその数に、琳はぎょっと身をすくめる。鳥たちはいっせいにこちらに向かって鋭く急降下してきた。いや、こちらではない――男たちのほうへ。

「ぎゃあっ」

悲鳴があがった。男たちのものだ。大小さまざまな鳥たちは、いずれも嘴で男たちを突き刺し、えぐっていた。赤い血が川原に飛び散る。男たちはたまらず川に逃げ込んだ。水をかき分け、深みへと向かう。すると鳥たちもまた、川へと飛び込んだ。水に入ったとたん、鳥たちは魚へと変じる。ただの魚ではない。牙を持つ魚だ。今度はそれが男たちに食いつく。聞くに堪えない悲鳴がこだました。水が血に染まってゆく。暴れる男たちの立てるしぶきがだんだんと弱くなり、悲鳴はすすり泣きと懇願《こんがん》に変わる。ひい……ひい……と泣くあいまに、「お許しを……お許しください」と呻く声が聞こえた。やがて男たちの姿は川に沈み、見えなくなる。それでもしばらくは魚たちの立てる水しぶきがあがり、川はいっそう赤く染まった。

気づくと琳と蕙はおたがいにしがみつき、がたがたと震えていた。弥那利は真っ青な顔をして、腰を抜かしている。

いつのまにか、川面が静かになり、血が流され、もとの静寂に戻っていた。

「――蛇古の子供よ」

弥那利がびくりと震えて、顔をあげた。岩に立つ少女が微笑を浮かべ、こちらを見おろしている。

「怪我のほどは？　歩ける？」

さきほど男たちに見せたのとは違う、やさしさを感じるまなざしと、声音だった。

「は……はい、大丈夫です、これくらい」

弥那利はあわててひざまずき、額ずいた。

「助けてくださって、ありがとうございます。霊子様」

霊子様――そうだ。やはり、この声。昨日帳越しに聞いた、霊子の声だった。

琳はまじまじと霊子を見る。歳のころは、十四、五くらいだろうか。紛《まご》うかたなき、うら若い少女だった。

霊子はつぎに琳と蕙に顔を向けた。蕙があわててひざまずいたので、琳もつられて膝をついた。石ばかりの川原なので、足が痛い。

「ふたりとも、あまり無茶をしないように。今日だけは媼には黙っておいてあげる」

すこしいたずらっぽい響きの声音に、琳も蕙もすっかり恐縮する。頭を垂れて、石の上に手をついた。

「ご……ごめんなさい」

謝ると、霊子は軽やかな笑い声をあげた。

「おまえたちも、今日のことは誰にも言ってはだめよ。娘たちの前に姿を見せたことを知られたら、わたしも媼に叱られてしまうから」

それだけ言うと、霊子の気配が消える。はっと顔をあげると、霊子の姿はすでにそこになかった。

夢でも見たような心地で、琳はぼんやりする。

「巫女王って、あんな若い女の子だったのね」

うん、と蕙もぼうっとした顔でうなずく。

「きれいなひとだったね」

「霊子様が少女なのは、俺たちは知ってるよ。お目通りが許されてるからな。といっても、そうそうお目にかかれるわけじゃないけど」

弥那利が言った。真っ青な顔をしていたのが、もうけろりとしている。それでも頬が赤く腫れて、唇も切れて血が出ているのが痛々しかった。

「その傷、大丈夫なの？　痛いでしょう？」

心配して訊けば、

「平気、平気。こんなの、海鳥につつかれたときより痛くないや」

と、胸を張る。そんなことはないだろう。

蕙が懐から手巾をとりだし、川の水に浸すと、それを弥那利にさしだした。

「これで頬を冷やして」

弥那利は虚を衝かれたようだったが、ぱっと明るい笑顔になった。

「ありがとう」

ううん、と蕙は首をふる。

「わたしたちのほうこそ、ありがとう。逃がしてくれようとして」

そうだった、と琳は思い出して、「わたしからも、ありがとう」と弥那利に礼を言う。

弥那利は照れくさそうな顔をしていた。

「あなたにもお礼を言わなくちゃ」と、琳は蕙の顔を覗き込む。「痛かったでしょう。殴られたところ」

「ううん、そんなには……。たぶん、手加減したんだと思う、あのひと。売り飛ばす気だったから……」

たしかに見たところ、額がすこし赤くなっている程度で、腫れてはいない。だが、殴られる衝撃というのは、傷の程度の問題ではないだろう。とても怖かったはずだ。蕙は琳より小柄で、細い。こんなか細い体でわたしを助けてくれようとしたんだ、と思うと、琳は胸が切ないような気持ちになった。

「あなたって、勇気があるのね。あんな大きな男のひとに、立ち向かうんだもの」

蕙は恥ずかしそうに赤くなった。

「さっきは、とっさのことで……夢中で、なにも考えてなかったの。いま思い出して、怖くなってるくらい」

「すごいわ。あなたのこと、尊敬する。どうもありがとう」

心底、琳は蕙に感心する。おとなしくか弱そうな少女だと心のどこかで侮っていた気持ちに思い至り、反省した。ほんとうに勇気のある子は、こういう子なのだ。

「俺もそう思う。よくやったな」

弥那利にもそう言われて、蕙はますます恥ずかしそうにしていた。

その日、琳と蕙は弥那利に送られて海神の宮に戻った。誰にもなにも言わず、気づかれていないはずだったのに、不思議と昨日の媼がやってきて、ひとこと、「無事でなにより」と言われた。琳と蕙は顔を見合わせ、首を縮めた。

五年の月日が過ぎた。琳と蕙はもうすっかり機織りがうまくなった。琳はすらりとした手足と長い首の健やかな少女に育ち、蕙はつねに柔和な笑みをたたえた落ち着きのある少女になった。琳のはつらつとしたところと、蕙のはにかみ屋なところは、すこしも変わっていない。五年のあいだに新たな『海神の娘』も数人、やってきて、琳と蕙はいくらか年上としての頼もしさも出てきている。

ふたりはときおり、弥那利とも会った。会うのはたいてい、船着き場か川で、見回りをしている彼についてゆくこともあった。

弥那利からは、貴重な外の話が聞ける。琳は花陀の話を、蕙は花勒の話を聞きたがった。花陀も花勒も、この年、申し合わせたように領主が没し、新たな領主があとを継いでいた。すなわち、職と索である。

「新しい花勒の君と、花陀の君の評判はどう?」

琳が訊くと、弥那利は「まだあとを継いだばかりだしなあ」と首をかしげた。

「どちらも若い領主だけど、花勒の君は病弱だって話くらいかな。でも、臣下がしっかりしていれば、どうってことないから」

蕙が心配そうな顔をしたからか、弥那利はそう言った。

「まだお体が弱いのね」と、蕙はぽつりとつぶやく。「大きくなれば、丈夫になるかと思ったけれど……」

「いま十五かそこらだろ。二十歳くらいになれば丈夫になるさ」

「そうかしら」

「そうだよ」

蕙は花勒の君を思ってか、空を見あげた。琳も空を眺める。職はいま、どうしているだろう。

「そろそろ、花嫁の託宣がおりてもいいころだな」

弥那利もまぶしげに空を見あげていた。

――それが予言であったかのように、翌日、託宣がおりた。

『花勒の君に嫁ぐように』

と、琳に。

『花陀の君に嫁ぐように』

と、蕙に。

ふたりの領主に対して、ふたりの花嫁が、同時に選ばれた。

集められた堂の前でこの託宣を聞いたとき、琳は耳を疑った。頭を垂れているよう言われていたにもかかわらず、顔をあげた。
「それは――間違いではございませんか」
――逆ではないのか。
思わず声をあげた琳を、媼が叱責《しっせき》した。「控えよ。頭を垂れよ」
琳は従わず、帳を凝視した。霊子はその向こうにいる。
「間違いはない」
短い返答が、帳の向こうから聞こえた。玲瓏な、うら若い少女の声。霊子の声だ。
――そんな……。
琳はうろたえ、隣に座る蕙を見た。蕙の顔は蒼白だった。
――どうして。
殿舎に戻ってからも、琳の胸中には荒波が立っていた。
――逆だ。逆だわ……。
海神は、お間違えなのではないか。だが、霊子は否定した。間違いはないと。
琳の脳裏に、別れの日、不安げに泣いた職の顔が浮かぶ。
「………」
黙って唇を嚙み、琳は蕙に目を向ける。ふたりは寝床に腰をおろし、向かい合っている。

——もう一度、訊いてみようか。霊子様に。

媼に訊いてもらえるかどうか、頼んで——などと考えていた琳は、蕙のつぶやきを聞き洩らした。

「え？　なんて言ったの？」

「霊子様のお声」

「……え？」

当然、蕙は託宣について考えていると思っていたので、琳は目を丸くした。

「声？　霊子様の？　それがどうかしたの？」

うつむいていた蕙は顔をあげて、琳を見た。

「気づかなかった？　あの声、五年前に聞いたときと、すこしもお変わりなかった……」

はっと、琳は息を呑んだ。口を手で押さえ、思い返す。

——声……そうだった？　よくわからない。託宣に驚いて……。

「……わからない。そんな気もするけれど……でも、だって、そんなはずないでしょう？　霊子様は、もう二十歳くらいのはず——」

そう言いかけ、たしかに二十歳前後の声にしては幼かった、と気づく。だが、琳はかぶりをふった。

「声がお若いのかも。だって、それがなんだっていうの？　声が昔とお変わりないからって、託宣が覆るわけでもなし」

託宣、という言葉に、蕙は暗い顔をして、またうつむいてしまった。

「ねえ、もう一度、確かめてみましょうよ。媼に頼んで、霊子様に――」

今度は蕙がゆるゆると首をふる。

「あなただって、聞いたでしょう。霊子様は、間違いはないとおっしゃった。一度くだされた託宣が、変わることはないわ。あなたは花勒の君に、わたしは花陀の君に嫁ぐのよ」

冷静な口ぶりに、琳は困惑した。蕙は軽々しく気持ちを口に出さないぶん、若君を慕う気持ちは強かったはずだ。

「それでいいの？　あなた――」

「いいわけない」

蕙はたたきつけるように言って、顔を歪めた。

「いいわけない……でも、どうしようもないでしょう。どうしようも……」

血のにじむような、悲痛な声だった。琳は言葉を失う。

――託宣は覆らない。海神の決めたことなのだから、わたしたちは従うほかない。

どうして、と思う。琳はこぶしを握りしめた。むろん、自由に嫁ぎ先が選べるなどと思ってはいない。だが、琳と蕙のふたりを選んだのなら、生まれ育った地の領主に嫁がせてくれてもいいではないか。それをよしとしないのだろうか、海神は。このほうが島々のためになると、民のためになるということなのだろうか。

海神の思し召しが、わからない。琳は暗い夜道に惑うような心地だった。前もうしろも見えない、どう進めばいいのか、わからない……。

その晩は、ふたりともただ寝返りをうつばかりで、すこしも眠れなかった。

翌日、ふたりは巫女王の宮へとつれていかれた。五年前にも通された殿舎の前へと着くと、ひとりずつなかへと入るように言われる。まず媼は琳をつれて殿舎に入るが、そこに霊子の姿はなかった。媼は奥へと進み、扉をあけて外へと出る。長い回廊がつづいているようだった。そこを歩かされたさきに、大扉があった。なかに進むと、水のにおいがした。泉が見える。ほとりに灌木が植えられた、澄んだ泉だ。その中央に、霊子がいた。琳は足をとめる。霊子は一糸まとわぬ裸身で、笑みをたたえていた。

――五年前と変わらない……。

霊子はまったく成長していないように見えた。十四、五の少女のままだ。とても二十歳前後には見えない。

――どういうこと。

「衣を脱いで、泉に浸かりなさい」

嫗に命じられる。琳は混乱した頭で、言われるがまま衣を脱ぎ、泉に入った。霊子が琳のほうに手を差《さ》し伸《の》べる。琳は操られるように霊子のもとへと歩み寄った。水面にさざなみが立ち、それが霊子の髪を揺らしていた。

そばへとやってきた琳の頰に、霊子は手をあてる。濡れた手はひんやりとしていた。霊子は琳の頰を撫でる。

「この泉が、おまえに海神の力をわけあたえてくれる。さあ、目を閉じて」

「れ……霊子様」

琳は乾いた唇を動かし、かすれた声を絞り出した。

「どうして、花勒の君なのですか」

頰を撫でる霊子の手がとまった。

「どうして、花陀の君でなく――」

すっと、霊子の指が琳の唇にあてられる。霊子は、かなしげな顔をしていた。

「どうしてかは、わたしには、わからない。わたしはただ、海神に代わり、託宣を告げるだけだから」

霊子は両手を伸ばし、琳を抱きしめた。琳よりも小さな体だった。

「でも、わたしはいつでも、おまえたちの幸せを祈っている。ほんとうよ。この気持ちにすこしも偽りはない……どうか、幸せになって」

小さな体から、ぬくもりが伝わってくる。霊子の言葉に偽りはないと、琳は感じとる。

「すべては、海神の思し召し」

ああ……と、琳の口から吐息がこぼれた。覚悟が決まったのは、このときだった。

琳は蕙の儀式が終わるのを待って、一緒に殿舎に戻った。その道すがら、琳は口を開いた。

「これが海神の思し召しだというなら……わたし、ちゃんとまっとうしようと思う」

蕙は足をとめ、琳の横顔を見つめた。琳は蕙に向き直る。

「『海神の娘』に選ばれたのも、花嫁に選ばれたのも、わたしたちの意思ではないけれど、でも、選ばれたからには、務めを果たさないと」

「務め……」

蕙の表情は暗い。

「わたしたちの務めは、幸せになることよ。それが、領主や、民や、島のためになるんだもの。わたしたちが幸せであれば、海神は加護を与えてくださるわ」

だから、と琳は蕙の手を握った。

「あなたも幸せになって。花陀の若君は……ううん、いまはもう花陀の君ね。あのひとは、とてもいい子だった。泣き虫で甘えん坊だったけど、いい子だったわ。だからきっと、あなたを大事にしてくれる。大丈夫だから」

暗かった蕙の顔にすこしずつ赤みがさし、瞳に輝きが宿る。みるみる眼《め》が潤《うる》み、涙が頬を伝った。

琳は霊子がしてくれたように、蕙の体を両手で抱きしめる。

大丈夫だから、と何度もくり返した。

琳と蕙は、ときをおなじくして島を出ることになった。嫁入りは夜と決められている。藍の衣に身を包み、薄布を頭から被った琳と蕙は、舟に乗り込む前、向かい合った。儀式はもうはじまっている。言葉を発することは許されなかった。表情もよく見えないなか、琳はほほえんだ。布の向こうで、蕙も笑ったのが、琳にはわかった。かなしげな笑みか、朗《ほが》らかな笑みか、そこまではわからなかった。

ふたりはそれぞれ、舟に乗り込む。蕙の舟の水手は、弥那利だった。月明かりが照らすなか、舟はゆっくりと、静かに船着き場を離れてゆく。波の音だけが、耳に響いた。さびしく、やさしい音色だった。

＊

蕙は静かに進む舟に座し、月光の落ちる海を見つめていた。海は、鱗のように銀色に輝いている。胸中はこの海に似ていた。夜の暗い海、だが月明かりに波が照り輝く。強い光ではない。さざなみに頼りなく揺れるが、やさしくもあった。

琳の言葉がよみがえっている。大丈夫だから……そうくり返した声が。

琳はすごいと、蕙は思う。琳はもう覚悟を決めていた。『海神の娘』の役目をまっとうしようと。そう思えるのは、彼女が良家に生まれ、領主に近い位置で物事を見てきたからだろうか。領主のために、民のために、島のために……蕙はそこまでは思えなかった。蕙はただの貧しい少女に過ぎない。いまだにそう思う。『海神の娘』と言われても、己はなんの力もない、ただの少女だと。琳のように、責務を負うだけの覚悟が、持てない。ただひたすら、索のもとに戻れたらと――花嫁になれたらと、ほのかに願っていただけなのだ。

選ばれなかったら、それはそれでしかたないと、あきらめただろう。こればかりは海神のお決めになることだから、しようがない。だが――。

――どうして……。

どうして、琳なのだろう。

蕙は胸を押さえた。こんなことを思ってしまうのがいやだった。こんな気持ちで、花陀の君に嫁いでいいのだろうか。琳の思い人のもとに。胸のうちはぐちゃぐちゃだった。

——ああ、いやだ……。

ひっそりと息を吐く。視線を横に向けた蕙は、ふと、舟の進みが遅いことに気づいた。舟はゆったりと、静かに進んでいる。嫁ぐときは、そうするものなのだろうか。身をよじり、うしろで櫓を漕ぐ弥那利を見あげた。弥那利は蕙の視線に気づき、ちょっと笑った。話すことは禁じられているので、言葉を発することはない。だが、蕙は彼のやさしさを感じた。

——気持ちの整理がつくまで、ゆっくり舟に揺られていればいいさ。

そんな声が、聞こえてくるようだった。蕙は泣きたくなって、笑みを浮かべた。また、琳の声がよみがえる。大丈夫。大丈夫だから……そんな声が。

大丈夫、と蕙は胸のうちでつぶやいた。

＊

琳は、前方に篝火を見つけた。岩場に焚かれる、目印だ。舟はそれを目指して、するすると進んだ。次第に篝火のそばに立つ、ひとりの人影が見えてくる。かたわらにひざまずいているのは、祭祀官だろう。琳は薄布を被っているので、はっきりと確認はできない。

——あれが、花勒の君。

舟が岩場に到着し、琳は水手の手を借りておりる。岩場はごつごつとして、布を被ったままでは歩くのにこころもとない。索が歩み寄り、琳を抱えあげた。病弱だと聞いているから、城まで抱えてゆけるのだろうか、と琳は不安になる。だが、決まりなので彼は寝所まで琳を抱えてゆかねばならない。琳の心配をよそに、索の腕に危なげなところはなく、途中で休憩することも琳を落とすこともなかった。

寝台に琳をおろして、索ははじめて大きな息をついた。

「大丈夫ですか」

と、思わず琳は尋ねていた。

「え?」と索は顔をあげる。

「お体があまり丈夫でないと聞いていたもので……」

索が苦笑したのがわかる。布であまりよくは見えない。

「そんな評判が、海神の島にまで届いていますか」

穏やかで心地よい声だった。言葉も丁寧だ。それだけで彼のひととなりがうかがえる。花嫁が蕙ではないと、彼は早くもわかっているようだった。背格好でか、あるいは声だろうか。琳は小柄な蕙と違って上背があり、手足も長い。声は低く、蕙の可憐《かれん》な声とは異なる。

「いえ、友人から聞きました。蕙といいます」

「あっ……」

　索は息を呑んだ。

「――そうですか。蕙が。彼女は元気にしていますか」

　花陀の君に嫁いだことをまだ知らないのだ、と琳は返答に迷う。だが、いずれ知ることだろう。そう思い、口を開いた。

「あの子は、花陀の君に嫁ぎました。今夜。わたしとおなじように」

「ああ……そうですか」

　嘆息まじりのその声音には、さびしさがにじんでいた。どうにもならないことを、かなしみ、あきらめた切なさがあった。

　――このひとも、蕙との約束を覚えていた。花嫁にと、心待ちにしていた。

　それが、しんとしたさびしさを琳に与えた。だが、それは考えてもしかたのないことだ。琳は、職のことは努めて考えぬようにしている。思い出すと、苦しくなるからだ。

「お聞きになったとおり、私は病弱です。しょっちゅう熱を出して寝込む。子供のころから、ちっとも変わりません。成長すれば、丈夫になるかと思ったのですが……」

索の声は翳りを帯びる。琳は、とっさに励まさなくては、という心地にさせられた。そういう声音を索は持っていた。

「成長といっても、まだ十五でしょう。二十歳くらいになれば丈夫になるって、海人の子が言っていました」

索がまばたきをしたのがわかった。琳はいいかげん、布を被っているのがもどかしくなった。

「あの、これを外してもかまいませんか」

「ああ、すみません。うっかりして。すぐ外してあげればよかった」

索は布に手をかけ、そっと琳の頭から外した。雛を扱うかのごとくやさしい手つきが、琳の胸に残った。

声や所作のとおり、索はやさしげな顔立ちをしていた。眉も目も柔和で、しかし形のよい鼻と引き締まった口もとが凜とした風も感じさせる。琳がじっと見つめていると、索は困ったように、はにかんだ。その顔に琳は、親しみと好ましさを覚えた。

そのとき、琳の腹が、唐突に空腹の声をあげた。

「あっ」

琳はあわてて腹を押さえる。かあっと頬が熱くなった。出立前、食事は用意されたが、とても喉を通らなかった。そのせいだろう。しかし、よりによって、どうしていま。緊張が緩《ゆる》んだからか。琳は恥ずかしさに真っ赤になって、うつむいた。

「干し棗《なつめ》がありますよ。干し桃や、山査子餅《さんざしもち》も」

やわらかな声とともに、漆器に盛られた菓子が差し出される。寝台のかたわらにある棚に置かれていたものだ。

「これまで、空腹と緊張で失神してしまう『海神の娘』もいたそうで、今回もお腹を空かせていてはいけないと、侍女たちが用意してくれました。島を出る前は、とても食事をする気分ではないでしょうから」

琳は索の顔をうかがう。索の表情は柔和で、あきれている様子も、からかうような色もなかった。琳の肩から力が抜ける。菓子を眺め、山査子餅を手にとった。薄茶色の、丸く薄い菓子である。山査子の実と糖をじっくり煮詰めたあと、棒状に乾燥させて、薄く切ったものだ。口に入れるとほろりと崩れ、甘酸っぱさが広がる。子供のころ、琳の好きだった菓子だ。職と一緒に食べた。食べるごと、それが思い出されて、琳は涙がこみあげてきた。思い出してはいけない。こんなときに。

ふいに頰に触れるものがあり、琳ははっと顔をあげる。索が手巾で遠慮がちに琳の頰をぬぐっていた。あわてて頰を触ると、知らぬ間に涙が伝っていた。ごめんなさい、と言おうとしたが、口を開くと嗚咽《おえつ》がとめられなくなりそうで、ぎゅっと唇を引き結んだ。力をこめた唇が震える。

──覚悟を決めたはずなのに。

索は黙って頬を拭いてくれている。かつて、職も手巾で琳の顔を拭いたことがあったのを思い出した。琳は目をしばたたいて、索の顔を見つめる。やさしげで、すこしさびしげに、索は琳を見ていた。

──このひとも、覚悟を決めたひとなんだわ。

ふと、そう思った。否応《いやおう》なしにつぎの領主と定められて、それと同時に、どんな者であろうと『海神の娘』を娶ることを決められていた。索はそれを受け止め、呑み込み、腹をくくっている。そういうしなやかな強さを、索の柔和なまなざしから琳は感じとった。索は、琳を気遣い、できうるかぎりのやさしさで接してくれている。琳がもし索の立場だったら、おなじようにできる心のゆとりがあっただろうか。

索は、琳を受け入れようとしてくれている。腕を広げてくれている。それが琳の胸を衝いた。索のぬくもりが、頬に触れた手巾から、ゆっくりと胸にしみこんでくるようだった。

おなじだけのものを返したいと、琳は、このとき強く思った。

＊

蕙を乗せた舟は、夜半、婚儀の岩場に着いた。蕙は緊張と不安で喉が渇き、呼吸も浅くなっていた。篝火のもとにいるのがいったいどんな人物かもろくに目にせず、弥那利の手を借りてなんとか舟をおりる。足はふらつき、体はかすかに震えている。力強く手を握られて、蕙ははっと顔をあげた。唇を引き結んだ弥那利の顔がおぼろげに見える。彼は軽くうなずいた。大丈夫だ、と言うように。涙が出そうになるのを、唇を噛んでこらえる。一歩、前に進む。篝火の明かりを背に、誰か立っている。布を被っているせいもあるが、姿は影になってよく見えない。背の高い男に見えるが、体つきや頰の線からすると、年若い。少年だ。彼が花陀の君、職なのだろう。

職は大股に近づいてくると、無造作に蕙の肩を引き寄せ、抱えあげた。蕙はぎゅっと身を縮める。怖かった。職は、さっさと終わらせたいと言いたげに足早に歩く。被った布で表情はよく見えないが、不機嫌そうな雰囲気を感じとった。

蕙を寝台におろしたあとも、職は黙り込んだままだった。蕙はどうしていいのかわからず、固まっている。布は外してもいいのだろうか。声を発してもいいのだろうか。そのうち息が苦しくなってきて、蕙は肩で息をした。目がかすみ、頭がぼうっとしてくる。ぐらりと体が傾《かし》いだ。蕙が覚えているのは、そこまでだ。

ふと目を覚ますと、見知らぬ天井が視界に映った。頭を巡らすと、窓から陽光が燦々《さんさん》と降りそそいでいる。反対側を向けば、榻《とう》に横たわる少年の姿があった。眠っているその少年をまじまじと眺めて、はっと蕙は身を起こした。蕙は職に寝所までつれてこられて、それで——記憶がない。眠ってしまったのだろうか。

蕙は寝台からおりて、そろそろと少年のほうへ歩み寄る。この少年は、職だろうか。布越しに見た姿とおなじであるように思えるが、自信を持っては言えない。なにせ、蕙は緊張でろくに職の姿を見ていなかった。

眠る少年の顔は、まだあどけなく、無邪気に見えた。琳の言っていた、甘えん坊だという評がぴったりくる寝顔だった。蕙はしばらくその寝顔を見つめていた。この少年から怖さはすこしも感じなかった。

少年が目を開ける。ぼんやりとした様子で、一度、二度とまばたきをしたあと、蕙のほうに顔を向けた。

「あっ」

と、少年は声をあげ、あわてて起きあがる。蕙は一歩うしろにさがった。

「お——起きても大丈夫なのか？」

少年は起き抜けの、かすれた声で訊いた。

「体は、平気なのか。気分が悪かったり、どこか痛かったりは」

「あ……いえ、ありません。大丈夫です」

「そうか」

安堵したように言ったあと、少年はむすっとした顔になった。その不機嫌そうな様子でわかる。昨夜の少年だ。彼が職だ。

「わが君」

呼びかけると、職は顔をあげた。「なんだ」

「わたし、気を失ったのですね。申し訳ありません。大事な婚儀が——」

「べつに、いい。望んだ婚儀でもないのだから」

蕙は、はっと息を呑む。職はふてくされたように顔を背けた。琳であれば、頬のひとつでも張ったかもしれない。領主ともあろう者が、望んだ花嫁ではないからとふてくされるとは、と。蕙は、薄暗い気持ちになっただけだった。

——甘えん坊で、泣き虫で……。

不機嫌さを隠そうともしない、子供じみた領主。

「なんだ。文句があるなら、はっきり言え」

しかめっ面の職に、蕙ははっきりと落胆していた。

「琳はあなたをいい子だから大丈夫だと言っていたけれど、そんなふうにはとても思えない……」

蕙は胸のうちでつぶやいたつもりだったが、声に出ていた。職が目を剝く。

「なんだと？　いや、待て。いま琳と——」

「申し訳ありません」

あわてて口を押さえ、蕙は謝った。

「いや、それはいい。いやよくはないが。それより、おまえは琳を知っているのか」

「友人ですから……」

「琳は、どうしているんだ？　まだ島にいるのか」

蕙は言葉につまる。花勒の君に嫁いだと、告げるべきか。だが、蕙の逡巡《しゅんじゅん》に職は察したらしい。

「嫁いだのか。嫁ぐような領主は、俺のほかは隣の花勒しかないな。花勒に嫁いだのか。そうなんだな」

つめよられて、蕙は黙ってうなずいた。職は肩を落とす。目に見えて落ち込んでいた。領主にしては、感情を露わにしすぎる少年だ。

──花勒の若様は、幼いときから感情を抑えていられるかただった。

つい比べてしまい、蕙は急いでその考えを打ち消した。こんなふうではいけない。職には職のよさがあるはずだ。蕙は職に嫁いだのだから、彼に寄り添わなくてはならない。

だが──と、蕙は目の前の職を見つめる。彼はまだ、琳のことしか考えていないだろう。湧き上がる不安に、蕙は胸を押さえた。

蕙と職は、ひと月ほどたっても共寝することがなかった。職はときおり蕙のもとへやってくることはあったが、彼は琳の話を聞きたがるだけだった。

「菲菲《ひひ》」

庭に出て、蕙は使い部の鳥を呼ぶ。大きなはばたきとともに、尾白鷲《おじろわし》が舞い降りてきた。かたわらの木の枝にとまり、ぎょろりとした瞳で蕙を見おろす。蕙はできれば小鳥がいいなと思っていたのだが、与えられたのはこの大きな鷲だった。すこし怖いが、いま蕙が気兼ねなく接することができるのは、この鳥くらいだった。蕙は木の根元に腰をおろし、菲菲を見あげる。

「ねえ菲菲、琳に会いたいわ。文くらいなら、交わしてもいいのかしら。あなた、届けてくれる?」

そう問うも、菲菲の反応はない。蕙はため息をついて、正面に顔を戻した。目の前には池がある。澄んだ水をたたえた、きれいな池だ。蕙は鞋を脱ぐと、池に足を浸した。冷たくて気持ちがいい。ぼんやりと霞《かす》む頭のなかが、冷えて透き通ってゆくようだった。

禊をしたいくらいだったが、この池でするわけにもいかない。蕙は衣の裾をたくしあげると、膝のあたりまで水に浸かった。しばらくそうしてじっとしていた。水面を見つめると、己の顔が映る。風にさざなみが立ち、映った顔は揺らいで形を失う。いまのわたしそのものだ、と蕙は思った。

「――おい！」

鋭い声が響いて、蕙はびくりと震える。ふり返ろうとしたとき、激しい水音がするとともに、腕を強くつかまれた。

「なにをやってる」

青ざめた職の顔が間近にあった。蕙は目を丸くした。

「なに……も、しておりません。ただ、水に浸かっていただけで……」

職の剣幕に驚いて、しどろもどろ、蕙は答える。

「なにも？」

啞然とする蕙に、職は拍子抜けしたような顔をする。

「俺はてっきり、入水《じゅすい》でもするつもりかと」

「えっ」

ずいぶん突飛な考えをするものだ、と蕙はいくらかあきれた。

「そんな真似は、いたしません」

「そうか」

ほっとしたように言い、職はつかんだ腕を離した。つかまれたところが、じんじんと痛む。職は池に飛び込んだために、衣が濡れていた。

「着替えないと……叱られるな……」などとぶつぶつ、つぶやいている。

「おまえがただ水に浸かるなんてわけのわからないことをするから、濡れてしまった」

むすっとした職に、

「捨て置きくだされば、よろしいのに」

「入水だったら困るだろ」

「する理由がありません」

「ないのか」

職は蕙の顔を眺めた。蕙は首をかしげる。

「俺は、乳母に怒られた。『海神の娘』をほったらかしにしているとは何事かと。誰も知る者のいないところへ十五の若さで嫁いできて、どれだけ不安か考えなさいと叱られた」

「乳母……あっ、琳のお母さん？」

「そうだ。よく知ってるな」

職は、つと空を見あげる。

「乳母は琳が花勒へ嫁いだから、おまえと琳を重ねているのだろう。おまえが粗略に扱われると、琳がそう扱われているようで、つらいのだ」

――こういう考えかたもできるひとなのだ。

と、蕙はすこしばかり、職の大人びた面を見たような心地がした。

乳母に叱られたからなのか、本気で入水の心配でもしているのか、それから職は暇を見つけては蕙のもとを訪れるようになった。贈り物まで持ってくる。おそらく乳母の用意したものだろう。

「琳のお母さんに、お礼を言わないと……」

「なんで乳母のほうなんだ。礼を言うなら俺にだろう」

蕙は笑った。笑うくらいの余裕が出てきた。こんなとき、職もちょっと、笑った。

ふた月、み月とたつうちに、蕙は職と笑って過ごすことが増え、職の態度はやわらかくなった。蕙の静けさと穏やかさは、職の繊細さゆえの角をとり、本来持っていた情け深さを表に引き出していった。これぞ海神の加護であると、言う者もいた。

＊

五年がたった。琳は、索とのあいだに二子をもうけ、あとに生まれた子が領主を継ぐ者であるとの託宣がおりた。隣の花陀でも、蕙が二子を産んでいる。やはり、あとの子が跡継ぎだと託宣された。

平穏だった。花勒も花陀も、旱も長雨もなく、暴風雨の害も限りなくすくない。平穏すぎて、かえって不穏なほどだと、そう危惧《きぐ》したのは、索である。

「こういうときは、備えを厚くしたほうがいい。きっと、よくないことが起こるから」

憂慮に沈む顔をして、索は言った。いつから占卜《せんぼく》をはじめたの、と笑い飛ばそうとして、琳はやめる。索は真面目に案じていた。琳は窓の外に目を向ける。空はすっきりと晴れているが、琳も不穏な影が近づいているような気がして、胸がざわめいた。

「剡剡《えんえん》」

琳は外に出ると、使い部を呼んだ。上空を大きな鳥が旋回し、舞い降りてくる。灰褐色の翼を持つ、大水薙鳥《おおみずなぎどり》だ。枝にとまった剡剡を琳は見あげる。

「島々に、なにか異変はない?」

剡剡の表情に変わりはない。嵐が来る前には、激しく鳴いて知らせてくれるものだが。

——大丈夫よね。

なにもないはず。琳には、そう願うことしかできなかった。

だが、予感はあたった——ただし、花勒ではなく、花陀でのことだった。

「——旱魃《かんばつ》」

その話を聞いて、琳は青ざめた。

花陀で旱魃が起きている。花陀と花勒の島は、東西に長く、境を山脈に隔てられている。そのため天候は東と西で異なった。今年、花勒でもたしかに雨はすくないが、まったく降らないわけではなく、ときにはまとまって大雨が降る。だが、花陀では旱が長くつづいているという。川は干上がり、田畑は乾いてひびわれている。苗が育つどころではない。

「こういうときは助け合う取り決めがあるから、蓄《たくわ》えた穀物を花陀へ貸している。だが、それも限度があるから」

索はため息をついた。

「花陀に早く雨が降ってくれるといいんだが」

「もし……まだまだ雨が降らなかったら？」

「民を抑えておけなくなるだろう」

「…………」

琳は両手を握りしめる。

――蕙……職……。

＊

なんですって、と蕙が聞き返すのをためらうほど、職は青筋を立てて怒っていた。ここ数年、見せたことのない激しい怒気を抑えられずにいるようだった。

「馬鹿者どもめ。毒流しは禁忌であると、あれほど戒めていたのに」

旱がはじまったころ、一部の民が、毒流しを行っていたことがわかった。海神を怒らせ、大雨を降らせるためだ。だが雨は一滴も降ることなく、かろうじて涸れきってはいなかったその川も、すっかり干上がってしまった。

「……民もなんとか雨が降ってほしいのでしょうね」

「それはわかっている」

「占尹はなんと？　亀甲《きっこう》の占では、なんと出たの？」

「おまえが知る必要はない」

いらいらした様子で職は言った。「『海神の娘』は、政に口出ししてはならない。知っているだろう」

「口出しなんて……訊いただけよ。それに、旱は政というより、神の話でしょう。どうしてわたしが知ってはいけないの？」

職は淡々と理詰めで責められるのが嫌いだ。わかっているのに、このときの蕙はいささかむっとしたのもあって、ついそんな言いかたをしてしまった。

案の定、職は怒った。

「うるさい！　小賢しい口をきくな。おまえはしばらく城から出ぬようにしろ」

そう怒鳴《どな》りつけて、職は去っていった。旱がつづくせいで、気が立っているのだろう。だが、それにしても『しばらく城から出ぬように』とは……。腑《ふ》に落ちない思いでいたが、蕙は職の言うとおりにしていた。

なぜ職が苛立っていたのか、妙な命令をしたのか、わかったのは数日後だった。侍女のひとりが、蕙に教えてくれたのだ。

「亀甲の占の結果が……。海神は毒流しにたいそうお怒りなのだと」

「それはそうでしょうね」

「海神は……」言いにくそうに、青い顔で侍女は口ごもる。「海神は――贄《にえ》をお求めなのです」

「贄？　犠牲《ぎせい》の牛を捧げよとでも？」

「いえ……」

侍女はごくりとつばを飲み込む。

「『海神の娘』を――花陀の君の婦を海に捧げよ、と」

侍女の声は震えていた。婦というのは妻のことである。蕙は愕然《がくぜん》とする。

「――わたしを？」

花陀の君の婦であり、『海神の娘』である者は、いま蕙しかいない。先代の『海神の娘』、つまり職の母親は、すでに身罷っている。

――海神は、わたしに死ねとおっしゃるのか。

いつしか蕙の体も震えていた。蕙は手を握り合わせる。

「わが君は、この占を間違いだとして書に記さず、卿たちにも口外を禁じております。わが君はけっして、奥方様を贄になどなさいません」

強く言い切る侍女の口調に、蕙はむしろ、不穏なものを覚えた。こうも強く言葉を使うときは、そう信じたがっているときだ。蕙は沈黙する。

侍女をさがらせ、蕙はひとり、窓辺で考え込む。

職が先日、苛立っていたのは、占の内容もさることながら、臣下たちがそれを受け入れようとしたからではないか。臣下たちは、藁《わら》にもすがる思いで、占を実行しようと考えるのではないか。毒流しを行った民たちが、そうであったように。

――いずれ、民にもこの占は隠しておけなくなるだろう。そうなってもなお、わが君がわたしを庇っては、民は納得しない……。そもそも、占に従わねば、海神に逆らうことになる……。

蕙は手で顔を覆う。考えすぎて、頭が割れるように痛い。わたしは死ななければならないのか。ふたりの幼子を残して。夫を残して……あの怒りっぽく、けれど情の深い、わたしの夫を。

夕陽が室内を赤く照らすころ、職がやってきた。疲れた顔をしている。なにに疲れているのか、いまはよくわかっている。

泣き腫らした蕙の目を見て、職は事態を悟ったようだった。苦々しげに顔をしかめる。

「誰だ、おまえに下らぬ告げ口をしたのは」

「わが君」

「城から放りだしてやる。誰だ？」

蕙は職に向き直り、その瞳を見すえた。

「話を聞いて、わが君」

職はぐっと言葉につまる。

「亀甲の占にわたしは従います」

「馬鹿な！」

職の顔色がみるみる蒼白になってゆく。蕙は職の手を強く握った。

「しっかりして。よく聞いて。わたしは『海神の娘』なのよ。海神の思し召しに逆らうことは許されない。おそらく、占をなかったことにしても、わたしはべつの形で死ぬでしょう」

「な……」

「そういうものよ。だったらせめて、あなたの役に立って死なせて」

職は唇をわななかせて蕙の目を凝視していたが、荒い息をして、その場にくずおれた。

蕙は職の両手を包みこみ、固く握りしめた。

＊

その知らせに、琳はめまいがした。

――蕙を、海神の生贄《いけにえ》に？

「嘘でしょう」

索は血の気の引いた厳しい顔をしている。

「亀甲の占で、そう出たそうだ。まだ公にされた知らせではない。いつ儀式が行われるかわからないが、近いうちではあるだろう」

花勒は古くから、花陀にこうした内々のことを知らせてくれる伝手《つて》を持っている。それはおそらく花陀もおなじだろう。

「とめられないの？」

「私がか？　無理だ。他領のことに介入してはならぬのが、巫女王の定めた決まりだ。それを破れば、神罰を受けるのはこちらになる」

巫女王、神罰と聞いて、琳は海神の島で見た、密漁者たちの最期を思い出した。禁を破った者は、ああして容赦なく命をむしりとられるのだろう。

「なんとかしてやりたいが……海神の思し召しであれば、どうにもならない」

「海神の思し召し……」

——ほんとうに？

「でも、託宣がおりたわけじゃないのでしょう？」

「亀甲の占は、占尹が行う。簡略な占とは違い、領の行く末を占うときのみ行われる、厳格なものだ。その判断は、過去の膨大な記録とも照らし合わせて慎重にくだされる。ましてや、今回のような命にかかわることであれば、なおさら。花陀の占尹は先代領主のころから仕えている老齢の占者だが、それだけに経験と知識がある。間違いがあったとは思えない」

琳は反論のしようがなく、黙り込む。静かな姿とはうらはらに、胸のうちは嵐が吹きすさんでいた。焦燥に体が焦げつくようで、汗がにじむ。息が苦しい。

——ほんとうに……ほんとうに、生贄なんてことになるの？　嘘でしょう。なんとかならないのか。考えを巡らし、どうにか回避できる道をさがす。どうしたら、どうしたら——。

だが、ほんとうに海神がそう望むのであれば、命を捧げるのが『海神の娘』の役目だ。民のためを思えば、そうするのが使命だろう。そんなことは、琳にもわかっている。

——でも……。

どうして蕙なのか。

望んだわけでもなく『海神の娘』に選ばれ、望んだ相手ではない男に嫁がされ、それでもそこで安寧《あんねい》を得て、幸せに暮らしていた蕙を。

——蕙は、わたしは、『海神の娘』とは、いったいなんなのか。

海神に、弄ばれるだけの一生なのか。

索が琳の肩に手を置く。その顔は苦しげに歪んでいた。索の顔を見た瞬間、琳は『蕙を助けなくてはいけない』と、稲光が閃くように強く思った。それは「思った」というよりも、感覚が全身を貫いたといったほうがいい、刹那《せつな》の激しい光だった。

索の表情には、蕙と琳の苦しみがそのまま映し出されていた。自分の生さえ自由に選べない。すべては海神の思し召し。『海神の娘』とは、いったいなんのために存在しているのか。

——蕙を死なせるわけにはいかない。

その思いは怒りに似ていた。体の芯の奥底から、激しい熱が突きあげてくる。

「わが君」

琳は手を胸にあてた。

「道は、ひとつだけあるわ」

けげんそうに索が眉をひそめる。

「蕙を助ける道」

「まさか、そんなものがあるはず――」

「待っていて。必ず蕙を助ける」

熱に浮かされたような心地で、琳は外に走り出た。

「剡剡！」

使い部を呼ぶ。剡剡はすぐさま急降下してきた。逸る琳の気持ちがわかっているのか。

「呼んできてほしいひとがいるの。海人の――蛇古族の弥那利という男よ」

剡剡は飛び立った。それを見送る余裕もなく、琳は出かける準備をする。といっても、すこしばかりの食料と水を用意するだけだ。それから岩場に向かった。『海神の娘』が嫁いでくるときにだけ使われる、あの岩場だ。

「どこへ行くんだ」

あとを追ってきた索が焦ったように訊く。

「海神の島よ」

「なにをしに？」

「巫女王に会ってくる」

「巫女王に蕙の助命嘆願をするつもりなのか」

「………」

索が琳の手をとった。

「無茶をしないでくれ。もしそれで海神の怒りに触れたら、神罰を受けるのは君なんだぞ。そんなことになったら……」

索の顔が悲痛に歪んだ。膝をつき、琳の手を己の額に押し当てる。

「蕙を助けられるものなら、もちろん助けたい。だが――君は軽蔑するか？　君と蕙を天《てん》秤《びん》にかけて、どちらかしか助けられないのなら、私は君を選ぶ」

琳の胸が震えた。涙がこみあげてきそうになる。琳はもういっぽうの手で索の手に触れて、撫でさすった。

「ありがとう。軽蔑なんてしないわ。わたしだって、花陀の君とあなたとだったら、あなたを助ける。花陀の君は、蕙を助けるでしょう。蕙なら、花陀の君を。それぞれにとって、ただひとりのひとだから」

そういう得難いひとを得られた。海神の託宣に翻弄《ほんろう》されながらも、つかみとったものだ。琳も、蕙も、皆。

――奪わせない。

琳は索の手を強く握りしめた。

「無茶なことはしないわ。海神を怒らせるようなことはしない。ただ、わたしはたしかめたいの。海神の思し召しを。その真意を。だから、安心して」

なにが無茶で、なにが海神を怒らせるか、琳にもわからなかったが、そう言ってほほえんだ。索は琳の顔を見あげ、悲壮な色を一瞬浮かべたが、かぶりをふって立ちあがる。

「わかった。私はただ、君が帰るのを待とう」

そう言葉を発するまでに、どれだけの葛藤《かっとう》があったか知れない。索もまた微笑を浮かべたが、その目には涙がにじんでいた。

琳は索とともに、岩場で舟が来るのを待った。やがて舟影が遠くに見え、迷いなく岩場に近づいてきた。

舟には、ひとりの青年が乗っている。櫓を漕ぐその青年は、よく陽に灼けた肌に、文身を施していた。近づくにつれて、引き締まった精悍な顔立ちがわかってくる。嫁ぐとき以来だが、面影《おもかげ》があるのですぐにわかった。

「弥那利！」

叫ぶと、弥那利が唇の端だけでちょっと笑った。岩場に舟をつけると、再会のあいさつもそこそこに、「蕙が生贄にされるというのは、ほんとうか」と訊いてきた。

「どうして知っているの」

「俺たちはどの領の秘密も知ってるさ」

どこまでほんとうかわからないが、巫女王直々の僕だけに、独自の情報網があるのだろう。

「そのことで、霊子様にお会いしたいのよ」

「霊子様に？」

弥那利は片眉をあげる。

「なんのために」

「もちろん、蕙を助けるためよ。生贄になんてさせない」

「亀甲の占で決まったと聞いてるぜ。それなら、覆らない」

「いいえ」

琳は胸を張り、弥那利を見あげた。

「『海神の娘』が、そうはさせない。わかったら、さっさと霊子様のもとへつれていって」

弥那利は、じっと琳を見つめた。くっきりとした二重の、彫りの深い顔立ちのなかで、瞳には影がかかっている。

「――いいだろう」

弥那利は目をそらし、ぴりっと緊張を帯びた、真剣な顔になる。舟に乗るよう、琳をうながす。舟に乗ろうとしたところで、「琳！」とうしろから声がかかった。索だ。琳はふり返る。ほんのつかの間、視線を交わし、琳はうなずいた。大丈夫だ、と告げるように。索は不安と悲哀の色を瞳ににじませながらも、うなずき返した。

琳は軽やかに舟に乗り込む。琳が座るのを待って、弥那利は櫓を漕ぎはじめた。

海神の島は、夜に向かうよりも、昼日中のいま向かうほうが、遠く感じた。凪いだ海には細かな波が立ち、陽光に白く輝いている。濃い藍色の底はうかがい知れず、魚の影も見えない。異様に静かだと思った。魚を狙う鳥たちの群れも見えず、鳴き声も聞こえない。波の音と櫓を漕ぐ音だけが響いている。照りつける陽に灼かれ、目も肌もひりついていた。

「聞いておきたいんだが――」

櫓を漕ぎながら、弥那利が口を開いた。

「なんだって、おまえは蕙を助けようと思うんだ？」

琳は唖然として彼をふり返った。

「そんなの――」

「海神の思し召しなら、従うのが『海神の娘』だろ」

琳は弥那利から海原へと視線を移し、藍色の波をじっと見つめた。

「昔からずっと、考えつづけているわ。海神の思し召しというものを。考えれば考えるほど、わからなくなる。海神がなにを考え、なにを望んでいるのか。もしかすると、望みなんて、ないのかもしれない」

弥那利は無言で櫓を漕ぐ。琳はふたたび彼を見あげた。

「わたしはね、それを知りたい。わたしたちはいったい、なんのために存在しているのか。なんのために苦しんでいるのか。なんのために死ぬのか——」

ははは、と弥那利は笑った。

「わけを知って納得したら、蕙には死んでもらうのか？」

「馬鹿を言わないで。——海神の僕であるあなたに、海神の思し召しを疑うようなことを、話すべきじゃなかったかもしれないけれど」

「俺は海神が嫌いだよ。『海神の娘』を苦しませてばかりいる。花陀の君に嫁いだとき、蕙は震えていた。そしていま、生贄にされようとしてる。あいつの人生を弄んでいるのは、海神だ」

弥那利の乾いた声に、琳はかなしみを覚えた。彼が蕙を好いていたことは、知っている。

「……だから、助けなくちゃいけないわ。あなたもそう願うから、わたしを舟に乗せてくれたんでしょう」

それだけ言って琳は口をつぐみ、前方に見える島影を、ただじっとにらんでいた。

「俺たち蛇古族の使う道から行こう」

船着き場に舟を繋ぎ止めると、弥那利は砂浜を回り込み、林の陰に隠れた小径《こみち》へと琳を案内した。生い茂る草木に覆われてしまいそうな小径で、急な坂道になっている。

「俺たちはいつも、ここを通って霊子様のもとへ行く。宮の正面からは入れない。あっちは男子禁制だからな。もしうっかり足を踏み入れでもしたら、媼に蹴りだされる」

弥那利はさきに立ち、手にした杖《つえ》で左右の茂みを払ってくれる。おかげで琳はずいぶん歩きやすかった。虫がたえず顔のまわりを飛び交うのには閉口したが。

「あれが入り口だ」

弥那利が前方を指し示す。門があるわけでもなく、ただ左右から迫る茂みがぽっかりと穴をあけているだけの入り口だった。そこを抜けると、どこかの殿舎の裏側に出た。白く細かい砂利が敷き詰められた地面を歩き、殿舎に近づくと、扉の隙間からひとりの媼がするりと出てきた。琳を見ても驚いた顔をしていない。来ることがわかっていたとでもいうのだろうか。

「霊子様がお待ちだ。入れ」

――わかっていたらしい。

琳はさすがにぞくっと背筋が冷えた。いや、使い部の鳥にでも見張らせていれば、すぐわかることだ。息を整え、琳は弥那利とともに階をあがった。媼が扉を開いて、ふたりを通す。なかに入ると、帳が巡らせてあった。見覚えある、霊子の帳だ。帳の横を通り、前に回る。板間に膝をついて座った。弥那利も隣にひざまずいている。

「大きくなったものね。琳」

帳の向こうから、涼やかな声が聞こえた。琳は驚き、声が出なかった。

――少女の声。

昔とすこしも変わっていない。いくらか予想はしていたことだったが。

――霊子様は、いったい……。

「言いたいことがあるのでしょう。聞いてあげるわ」

霊子の言葉に、はっとする。そうだ、いまはなによりも、蕙のことだ。

琳は気を取り直し、息を吸った。帳をじっと見すえる。

「海神は、ほんとうに蕙を生贄にご所望なのですか。占でそう出たと聞きましたが、わたしには信じられません」

単刀直入に訊いた。霊子から言葉が返ってくるまでの間が、限りなく長いものに感じられた。琳のうなじに汗がにじむ。

「――占に間違いはない」

美しい声音で返ってきた言葉に、琳は総身が冷えた。

「で……でも、占は、託宣とは違うでしょう。霊子様がお聞きになる、海神のお言葉とは……」

「違うわ。占は、読みとるもの。託宣は、与えられるもの。――なぜ間違いではないと言い切れるのかと言えば、間違った占や託宣には、神罰がくだるから。海神が許さない」

琳は、座っているのに息があがってくる。肩で息をくり返しながら、「そんなはずない」と声をしぼりだした。

「そんなこと、あるはずがない。だって、おかしいでしょう。わたしたち『海神の娘』が幸せであればこそ、島々は加護を受けることができる。海神の恩恵を得る。それなら、なぜ海神自ら惨い真似をなさるのですか」

琳は震える声で叫んでいた。

「あなたは、わたしたちの幸せを祈っていると言った。だったら、なぜ――」

そこまで言って、琳ははっとした。霊子は、『海神の娘』の幸せを祈っている。では、海神は――。

「……わたしも、海神も、おまえたちの幸せを願う気持ちに変わりはないわ。海神にとって、おまえたちは愛《いと》し子《ご》だもの。でも、海神でさえ、おまえたちの人生を操ることなんてできないのよ。ひとは皆、違う。おなじような境遇を与えられても、泣いて苦しむ娘もいれば、歓喜する娘もいる。どれだけ善良な領主に嫁いでも、満ち足りぬ娘もいた。傲慢《ごうまん》な領主に嫁がせるしかなかった娘でも、仲睦まじく暮らしていた。領主に愛されなくても、そのほうが幸せだという娘もいた。わたしたちには、わからない。幸せであれと、どれだけ祈っても……」

霊子は玉が触れ合うような声音で語り、深い息をついた。

「それぞれの道を生きた娘たちの魂は、美しい花を咲かせる。輝かしい魚になる。なんの苦しみもなく生を送った娘の花が美しいかといえば、そうではない……」

琳は泉のほとりに咲いていた花を思い出す。媼から聞いている。『海神の娘』は、死後も海神に仕える。そのため死ぬと魂はこの宮に戻ってきて、花になるのだと。霊子に摘まれて魚に変じ、海神のもとへ行くのだと……。

「海神は、娘たちを愛しく思うと同時に、美しい花を欲するの。それが彼を生かすから。苦難の果てに大輪の花を咲かせる娘もいる――」

その言葉に、まさか、と琳はぞっとした。

「まさか、そのために生贄だなんてことを」

返答はしばらくなかった。琳は焦《じ》れて、膝立ちになる。

「霊子様――」

「海神は、おまえたちにひどい真似をしたいわけじゃないわ」

諦観《ていかん》のにじんだ声がした。

「でも、なにが『ひどい真似』なのか、彼はときとして理解しない。なぜなら、ひとは皆、違うから。それが彼にとって興味深いことでもあれば、理解しがたいことでもあるの」

「蕙にとっては、このうえもなくひどい真似です」

琳は、ほとんど悲鳴のような声をあげた。

「そうね。でも、かえって美しい花を咲かせるかもしれない……」

肌が粟立《あわだ》つ。冗談じゃない。恐怖でか、怒りでか、琳の体はぶるぶると震えた。

「そんなことで、蕙の命を奪わないで！」

返ってきた声は、琳のものとは逆に、淡々としていた。

「だけど、おまえたちの役目は、それなのだから」

目の前が暗くなる。どれだけ訴えても、無駄なのか。わたしたちはただ美しい花を咲かせ、摘みとられるだけの存在なのか。

力が抜けてゆく。

隣で風が動いた。弥那利がすばやく立ちあがり、帳へと近づいたのだ。琳が反応するより早く、弥那利はさっと帳を開けていた。その向こうに、少女が座している。白い面に垂らした長い髪、額の痣。美しいそのかんばせ。十歳でまみえたときとまったく変わらない、霊子の姿があった。

霊子は表情を動かすことも、視線を動かすこともなく、「さがれ、蛇古よ」と言った。

「まったく、しようのない子たち……」

つぶやくように言って、霊子は静かに腰をあげた。長い裾をひきながら、霊子は足を踏みだす。弥那利は気圧《けお》されたようにうしろへとさがった。衣擦れの音をさせて、霊子は壇をおり、ゆっくりと琳の前へとやってくる。黒々とした瞳で、見おろされた。宝玉のようにつややかな、美しい瞳だった。

「おまえとは、どうも濃い縁があるようね。本来、『海神の娘』はわたしの姿を一度しか目にしないものよ。泉で海神の力を授けるとき。でも、おまえは違う。違ったことに、意味があるのかもしれない……」

霊子は目を細めて、さぐるように琳を見つめた。

「さて……どうしたものかしら。蕙を助けたいというおまえの願いを聞いてやりたいけれど、海神が耳を貸すかどうか。あれも気分屋で、頑固なところがあるから」

その口ぶりに、琳は奇妙な心地になる。神に対する巫女王の言というより、夫に対する妻のそれであるような、そんな言いかたに思えたからだ。

「それでも、望みはあるのですか」

「海神次第ね。いえ、おまえ次第と言ったほうがいいかしら。——来なさい」

霊子は琳に背を向けると、うしろの扉へと歩いてゆく。長い裾が床をこする衣擦れの音がした。琳はひとつ息を吐き、そのあとを追う。弥那利もついてきた。

回廊を渡り、奥へと進む。この道には覚えがあった。

——あの泉。

託宣がくだったあと、つれてこられた泉のある方向だ。

大きな扉の前で立ち止まると、霊子は弥那利をちらと見て、「おまえはここでお待ち」と命じた。弥那利は唇を引き結んでうなずき、扉の手前で片膝をついた。開いた扉のさきへ、霊子はするりと入ってゆく。琳もそれにつづいた。

なかは昔と変わらぬ様子で、澄んだ泉がふたりを迎える。ほとりに灌木があり、花をつけているのも変わらない。

「衣を脱いで、泉に身を浸して。ここは海神に通じるところだから」

琳は言われるがまま、おとなしく衣を脱いで、泉に入る。霊子もまた、おなじように裸身になり、泉へと足を踏み入れた。

「こちらへいらっしゃい。わたしのそばへ」

泉のなかほどで霊子は立ち止まり、ふり返る。琳は彼女のそばへ寄った。水音が響く。

「海神に会うには、この泉を通るしかないわ。おまえ自身の言葉で海神に伝えなさい」

霊子は琳の手をとり、引き寄せる。間近に霊子の顔があった。額の痣は鱗のようで、それがいま、ほんのりと光を放っているように見える。じっと見つめていると、輝く鱗は一枚、また一枚と、増えてゆく。見る間に白銀の鱗が頬、首、腕へと広がっていった。それが手まで広がったと思うと、つかんでいる琳の手に突如としておなじ鱗が浮かびあがった。熱い。鱗のところが熱を持っている。手から腕、肩へと鱗は光り輝きながら浮かんでゆく。首が、顔が熱くなる。おそらくそちらにも鱗が浮かびあがっているのだろう。

熱いのは皮膚だけではなかった。体の内側も熱い。胸の奥深くから、ゆっくりと炎が燃え広がってゆくようだった。

「目を閉じて……深い呼吸をして……わたしとおまえはひとつになって、水のなかを泳いでゆく。それを思い浮かべて」

霊子はいまや、全身が白々と光り輝いている。琳は目を閉じた。瞼の裏に白い光が見える。

「海神は、名を海若《かいじゃく》という。さあ、海若に会いに行きましょう」

琳の体はいっそう熱を増し、輪郭《りんかく》もわからなくなる。溶けてゆく。それがまざまざとわかった。己が琳であるのか、それとも霊子であるのか、定かではない。霊子と溶け合い、ひとつになったような心地がしていた。琳は泳いでいる。清らかな水のなかを、身をくねらせ進んでゆく。魚ではない……その身は白い蛇体だった。

琳は白い蛇となって、海神のもとへと泳いでいるのだった。細長い体はするりするりと水の抵抗を受け流し、分け入り、深いところへと潜ってゆく。手も足もない蛇の体というものは、こうもなめらかに動くものなのか、と驚いた。水と一体化している。白く輝く蛇体は波のようでもあり、水中に射《さ》し込《こ》む陽光のようでもあった。

水の底が暗い。そこだけ陽光が届かず、一面、影になっている。そう思ったが、違った。影がぞろりと動く。それはわだかまる大蛇の姿だった。大蛇は鎌首《かまくび》をもたげ、白蛇のほうを億劫《おっくう》そうに見あげた。ふたつのまなこが向けられる。まなこは深い青をしており、よく見れば体も藍色である。動くたび鱗は鈍く銀色に輝き、影は深い藍色から黒の色合いを見せる。夜の海をそのまま写しとったかのような姿だった。

——なんて美しい。

惚《ほ》れぼれとする美しさを持つ、大蛇だった。

「海若……」

白蛇が声を発する。霊子の声だった。

——これが、海神なのか。

この恐ろしいほど美しい大蛇が。

水が震えた。ぐぐ、とくぐもった獣の唸り声のような音が響いた。それが海若の声であると、すぐにはわからなかった。

「海若、おまえったら、面倒なことをしてくれたわね……」

霊子は叱るように言った。また水が震える。

「言い訳をしてもだめよ。生贄だなんて、どうせ気まぐれでしょう。困るのよ、そういうことをされては」

そのうち、唸り声が言葉になって聞こえてきた。

「……気まぐれではない。罰でもある。あの領の者たちは、毒で水を汚した。川にいたわが眷属《けんぞく》を殺し尽くした。その罰だ」

「それならその者たちを殺しなさい。娘は許してやって」

「ならぬ」

海神の声は、不思議と若い男のものに聞こえた。張りのある青年の声だ。

「むやみに娘を死なせるものじゃあないわ。かわいそうでしょう」

「いずれ死ぬのに。いま死んだとて、たいして変わるまい」

その言いように、琳のなかで泡がぷちんとはじけたような気がした。

「馬鹿を言わないで！」

琳の声が水を震わせる。

「いずれ死ぬのと、いま生贄として殺されるのと、変わらないわけがないじゃない。蕙がどんな思いで生贄を受け入れたか……もしそれがわたしだったら、どんなに苦悩するか……こんなところでまどろんでないで、直《じか》に見ればいいんだわ。わたしたちはあなたに勝手に選ばれて、故郷から引き離されて島につれてこられて、また勝手に花嫁に送られて、死んでからだって自由になれない。わたしたちはなんなの？　どれだけわたしたちはあなたに翻弄されたらいいの？　せめて――せめて、死ぬときくらい、自由に迎えさせて」

周囲の水が振動して、あぶくを立てている。これは琳の心だ。琳の心が、水を震わせている。

海神は、丸い目を微動だにさせず、琳の言葉を聞いていた。青い瞳にあぶくの影がよぎる。澄んだ水面のような瞳だった。

「……ふうむ……俺の勝手と言われれば、勝手なのだが。そもそもおまえたちは俺の抜け殻から勝手に生まれ、そこに勝手に棲みついている。たとえば草を刈り取るようにして、おまえたちの命をすべて刈ってしまうことも、俺にはできる。すべては俺の勝手に。だが、それではつまらぬしな。ひとは皆違って、その営みを見るのは、面白い。うむ、面白い……」

海神の瞳がぎょろりと動く。笑ったようだった。

「娘よ、おまえにはわからぬだろうが、俺の鱗の一枚一枚が、かつての娘たちからできている。どうだ、美しいだろう。とりわけ美しい鱗は、大輪の花を咲かせた娘のものだ」

琳はあらためて海神の蛇体を眺め、ぞっとする。このうえもなく美しいと思ったこの鱗が、自分たち『海神の娘』の魂からできたものなのか。

――わたしも死んだら、この鱗になるのか。

「どうして……そんなひどい」

「ひどい？　それは考え違いだ。ひとは俺の抜け殻から生まれ、なかでもおまえたち、俺の選んだ娘は、俺の鱗をほんのひとかけら、その命に宿している。だから俺が選ぶというよりは、そもそもおまえたちはとくべつなのだ。ほかの者とは違う。おまえたちの命は、輝いている。それが俺を引き寄せる。美しい、月の光よりも美しい、見事な輝きだ。死ねば、俺のもとへと戻ってくる。当然のことだ。もとより、俺の鱗なのだから」

「海若の言うことを、理解できないかもしれないけれど——」

霊子が言った。

「これは海若の勝手ではなく、『そういうもの』だと思って。巡り還るもの。ひとが死ねば神の宮へ行き、星の河を巡り、いずれ新たな命となって落ちてくるのとおなじように、鱗を持った命は海若のもとへ戻ってくる……」

琳は、水中に星を見たように思った。星の河を巡るように、わたしたちはこの水のなかを海神の一部となってたゆたう。

「永遠に？」

「いいえ。海若は脱皮するから」

古い衣を脱ぎ去ったとき、はじめて娘たちはほかのひととおなじく、神の宮へと行けるのだという。

「もう長いこと脱いでおらぬがな。島々ができたとき以来か」

ふうう、と海神は長い息を吐く。水が波打った。

「そのせいか、体がずいぶん重くなった気がするな。鱗の一枚、一枚が……」

海神は大きな蛇体をすこし動かした。長い体が波のようにうねり、鱗が鈍くきらめく。

「娘よ」

きょろり、きょろりと瞳が動いた。

「おまえの訴えは理解した。『死ぬときくらいは自由に』——あいわかった。それをこれからの決まりとしよう」

はっと、琳は息を呑む。

「じゃ、じゃあ、蕙のことは——」

「生贄は求めぬ」

——ああ！

安堵と喜びが胸に満ちて、息苦しくなる。どうして海神の気が変わったのかわからないが、これで蕙は助かる。そう思った。だが——。

「となれば、早く戻らないと」

霊子が言う。

「託宣の使者を出すわ。使者が着く前に生贄にされてしまっては、いけないでしょう」

「使い部は……」

「ひとまず鳥を飛ばすけれど。確実に伝わるのは使者だから」

「亀甲の占などでは」

「占は、あちらが占を行ってくれなくては、どうしようもないわ。言ったでしょう、託宣とは違う」

言うや否や、白蛇の体はぐるりと方向を変え、上へと泳ぎだした。身をくねらせ、水の流れを縫い、光を帯びた水面を目指す。

下から水流が押し寄せる。海神の手助けらしい。流れに乗って、体はぐんぐんと上昇してゆく。水が光り輝いている。まぶしさに視界が白くなったと同時に、ごぼっ、と喉に水が入り、琳は大きく咳き込んだ。

手をついて水を吐きだしたとき、あっと気づく。

——体が。

琳はもとの体に戻り、泉のほとりにいた。隣に霊子もいる。

霊子はすばやく立ちあがると、衣を身にまとう。琳もあわてて衣を着た。どこからか一羽の大水薙鳥が飛んできて、霊子と琳の上で旋回する。刔刔だ。霊子は刔刔に、「おまえ、花陀に行って、生贄はいらなくなったと伝えておいで」と言いつける。刔刔はすぐさま飛び立った。

「琳、おまえは弥那利の舟で花陀へ向かいなさい」

扉を開けると、待ち構えていた弥那利に霊子は花陀へ琳をつれてゆくよう命じる。

「霊子様、ありがとうございました」

駆けだす前に、琳は霊子に礼を言う。霊子は、ほんのすこし笑っただけだった。

——このひとは、いったいいつからここにいて、いつまでいるのだろう。

そんなことを、ふと思った。

「おい、早くしろ」と弥那利にせかされて、琳は走りだす。船着き場へと急いだ。

繋留してあった舟に乗り込み、花陀を目指す。花陀は海神の島からそう遠くないとはいえ、焦る気持ちは増すばかりだった。

「生贄の儀式は、まだ日取りも決まっていなかったから、大丈夫なはず——」

己に言い聞かせるようにつぶやく。儀式の詳細が決まっていなかったのは、花陀から情報が伝えられた時点だ。その知らせが索に届くまでには間がある。いま実際に花陀でどんな状況なのだかは、わからないのだ。

「ともかく急げばいいんだろ」

弥那利が言い終わる前に、うしろから強い風が吹き付けた。舟が押し出されるようにするすると疾走をはじめる。

「なんだ、この風。ここにしか吹いてない」

まわりの海を見回すと、たしかに波の立ちかたが奇妙だった。風で舟の前方には道筋ができている。そこを滑るように舟は進んでゆくのだ。

「霊子様——いえ、海神が……?」

力添えしてくれているのだろうか。泉のなかで、水面へと押し上げてくれたときのように。

——やさしいのだか、恐ろしいのだか、わからない。

気まぐれなのか。だが、なんでもいい。海神はいま、琳たちの味方でいてくれる。

早くも花陀の船着き場が見えてきた。その手前、沖合を見て、琳はぎくりとした。

「あれは……」

一艘の舟が見える。乗っているのは若い女——おそらく蕙だ。舟には彼女のほかに櫓を漕ぐ水手がひとりと、祭祀官らしき男の姿があった。

琳は血の気が引く。まさかいままさに、儀式が行われようとしているのだろうか。祭祀官の手には短剣が握られている。舟の周囲を鳥が二羽、飛び交っていた。一羽は剡剡、もう一羽は蕙に与えられた使い部の尾白鷲だ。霊子の言葉が伝えられているのだろう。だが——と琳は気づく。使い部の鳥の言葉を理解できるのは『海神の娘』だけである。はたしてこの場面で「生贄の必要がなくなった」と蕙が言ったとて、祭祀官は承知するだろうか。琳は霊子が『確実に伝わるのは使者だから』と言った意味を理解する。だからといって、使者の媼を待っている暇もない。

砂浜に目をやれば、大勢のひとがいて、青年がひとり、海に入ろうとしてとめられている。遠目でよくわからないが、背格好と身なりからして、職ではないかと思った。なにか叫んでいる。儀式をとめたがっているのか。悲痛な、切々とした響きが波の音に交じり、琳のもとにまで届いた。

そうしたあいだにも、琳の乗る舟はぐんぐんと速さを増して蕙のもとへと進んでいる。もはや弥那利が櫓を漕ぐ必要もないほど、波が舟を運んでいた。琳は深く息を吸いこみ、喉を広げ、思い切り叫んだ。

「その儀式、待ちなさい。巫女王の使いです。わたしは『海神の娘』――その者を生贄にしてはなりません!」

琳の声に蕙がふり返る。祭祀官が驚いたように顔を向け、海辺にいる職も動きをとめる。ふいに、蕙の乗る舟の近くで波がふくらみ、海中から黒い影が躍りあがった。大きな背びれを見て、それが鱶であると認識すると同時に、鱶は祭祀官に牙を剝いていた。鱶の体が祭祀官のそばをかすめ、ふたたび海中に没する。激しい水音があがり、波が立った。

祭祀官が青い顔で手もとを見ている。その手に握られていた短剣がなくなっていた。鱶に奪われたのだ。それも、短剣だけが。祭祀官の体ごと、海に引きずり込むことも、腕一本その牙で食い千切ることもできる鱶が。この行動が、かえって人々に海神の意思を強く感じさせた。呆然とする人々の前で、海が盛りあがる。波が蕙の舟に押し寄せ、あっと思う間もなくひっくり返った。

「蕙!」

琳が叫び、職が叫んだ。すぐさま弥那利が海へと飛び込んだ。波はまだ荒れている。次第に冷たい風が海に吹きつけ、急激に波が激しく立ちはじめた。砂浜にいる人々が、めいめいに空を指さし、何事か叫んでいる。琳が空を振り仰ぐと、黒い雲が海神の島のほうから湧き立ち、またたく間にこちらに広がってこようとしていた。

——雨雲。

雲の下にある海面に雨が打ちつけているのが、ここからでもわかる。それがこちらに向かっている。旱に苦しむ花陀の地に。

弥那利が蕙を抱え、琳のほうへと泳いでくる。舟の縁《へり》をつかむと蕙の体を押し上げ、琳は彼女を引き上げる。つづいて弥那利も舟に足をかけ、身軽に飛び込んできた。蕙の乗っていた舟も、水手がひっくり返し、祭祀官が縁にへばりついている。そのうち、雨が頬を打つ。見あげれば、黒雲はすぐ上にあった。激しい雨が打ちつけ、海はけぶり、砂浜は濃い灰色に変わる。雨音の向こうに、人々の歓喜の声が聞こえている。それを耳にしながら、琳は蕙と視線を交わす。蕙は泣き笑いを見せ、琳もまた、雨と涙に頬を濡らして笑った。

＊

「ずいぶんと気前よく手助けしてやったものね」

薄暗い水底で、霊子は海若にもたれかかり、そう言った。霊子の白い蛇体は、薄闇のなかでほのかに光って見える。

「おまえの言うことならば、聞かぬわけにもいくまい」

「いつからそんなに聞き分けがよくなったの？　どうせ気まぐれでしょうに」

海若は、気が向けばなんでもひとに与えるし、気が変われば根こそぎ奪ってしまう。霊子を巫女王にしたとき、領をひとつつぶしたように。

「俺はおまえには弱いのだ」

ふふ……と霊子は笑った。「人間の真似事がお好きね」

海若は不服そうになにか唸って、水を震わせた。ずず、と藍色の蛇体が動く。

「おまえは、いつになったら俺を許してくれるのだろう」

ささやきが、あぶくとなってはじける。

「なにをすれば、許してくれるのだろう」

海若は、霊子のすべてを奪っていった。故郷も、家族も、人間としての生も――。

霊子は笑って、顔を藍色の鱗にこすりつけた。

「おかしいわ。人間みたいなことを言わないで」

海若も、霊子も、ともにひとでなしだ。

水底で、二匹の蛇が、仲睦まじく寄り添っている。藍色の大蛇と白い蛇は、闇夜に浮かぶ月のようだった。

＊

琳と蕙は、おなじ年の、おなじ日に死んだ。老衰である。領主はどちらもすでに死んでおり、ふたりは子供と孫に看《み》とられて逝った。

花勒と花陀から、それぞれ鳥が飛び立った。花勒からは大水薙鳥が、花陀からは尾白鷲が。二羽は海の上をともに行き、ときにさきに、ときにあとになりながら、海神の島へと飛んでいった。

本書は書き下ろしです。

この物語はフィクションです。実在の人物・団体とは一切関係ありません。

〈著者紹介〉

白川紺子（しらかわ・こうこ）

三重県出身。同志社大学文学部卒。雑誌「Cobalt」短編小説新人賞に入選の後、2012年度ロマン大賞受賞。主な著書に『三日月邸花図鑑　花の城のアリス』『九重家献立暦』（講談社タイガ）、「下鴨アンティーク」「契約結婚はじめました。」「後宮の烏」シリーズ（集英社オレンジ文庫）、「京都くれなゐ荘奇譚」シリーズ（PHP文芸文庫）、「花菱夫妻の退魔帖」シリーズ（光文社キャラクター文庫）などがある。

海神《わだつみ》の娘《むすめ》

2023年7月14日　第1刷発行
2024年8月27日　第6刷発行

定価はカバーに表示してあります

著者……………………白川紺子《しらかわこうこ》

発行者……………………森田浩章

発行所……………………株式会社 講談社

〒112-8001 東京都文京区音羽2-12-21

編集03-5395-3510

販売03-5395-5817

業務03-5395-3615

KODANSHA

本文データ制作…………講談社デジタル製作

印刷……………………株式会社ＫＰＳプロダクツ

製本……………………株式会社ＫＰＳプロダクツ

カバー印刷………………株式会社新藤慶昌堂

装丁フォーマット………ムシカゴグラフィクス

本文フォーマット………next door design

ISBN978-4-06-531808-9　N.D.C.913　296p　15㎝

講談社
タイガ

白川紺子

三日月邸花図鑑

花の城のアリス

イラスト

ねこ助

「庭には誰も立ち入らないこと」――光一《こういち》の亡父が遺した言葉だ。広大な大名庭園『望城園』を敷地内に持つ、江戸時代に藩主の別邸として使われた三日月邸。光一はそこで探偵事務所を開業した。

ある日、事務所を訪れた不思議な少女・咲《さき》は『半分この約束』の謎を解いてほしいと依頼する。彼女に連れられ庭に踏み入った光一は、植物の名を冠した人々と、存在するはずのない城を見る。

講談社
タイガ

白川紺子

九重家献立暦

イラスト
慧子

母がわたしと家を捨て駆け落ちしたのは、小学校の卒業式の日だった。旧家の九重家で厳しい祖母に育てられたわたしは、大学入学を機に県外へ出た。とある事情で故郷に戻ると、家にはあの頃と変わらぬ頑迷な祖母と、突如居《い》候《そうろう》として住み着いた母の駆け落ち相手の息子が。捨てられた三人の奇妙な家族生活が始まる。伝統に基《もと》づく料理とともに紡がれる、優しくも切ない家族の物語。

講談社
タイガ

友麻 碧

水無月家の許嫁

十六歳の誕生日、本家の当主が迎えに来ました。

イラスト
花邑まい

水無月六花《みなづきりっか》は、最愛の父が死に際に残したひと言に生きる理由を見失う。だが十六歳の誕生日、本家当主と名乗る青年が現れると、〝許嫁《いいなずけ》〟の六花を迎えに来たと告げた。「僕はこんな、血の因縁《いんねん》でがんじがらめの婚姻であっても、恋はできると思っています」。彼の言葉に、六花はかすかな希望を見出す——。天女の末裔《まつえい》・水無月家。特殊な一族の宿命を背負い、二人は本当の恋を始める。

講談社
タイガ

友麻 碧

水無月家《みなづきけ》の許嫁《いいなずけ》2

輝夜姫《かぐやひめ》の恋煩《こいわずら》い

イラスト
花邑まい

水無月六花《みなづきりっか》が本家で暮らすようになって二ヵ月。初夏の風が吹く嵐山での穏やかな日々に心を癒《い》やしていく中で、六花は孤独から救い出してくれた許嫁《いいなずけ》の文也《ふみや》への恋心を募らせていた。だがある晩、文也の心は違うようだと気づいてしまい——。いずれ結婚する二人の、ままならない恋心。花嫁修行に幼馴染みの来訪、互いの両親の知られざる過去も明かされる中で、六花の身に危機が迫る。

講談社
タイガ

凪良ゆう

神さまのビオトープ

イラスト
東久世

うる波《は》は、事故死した夫「鹿野《かの》くん」の幽霊と一緒に暮らしている。彼の存在は秘密にしていたが、大学の後輩で恋人どうしの佐々《ささ》と千花《ちか》に知られてしまう。うる波が事実を打ち明けて程なく佐々は不審な死を遂げる。遺された千花が秘匿するある事情とは？ 機械の親友を持つ少年、小さな子どもを一途に愛する青年など、密やかな愛情がこぼれ落ちる瞬間をとらえた四編の救済の物語。

講談社タイガ

凪良ゆう

すみれ荘ファミリア

下宿すみれ荘の管理人を務める一悟《いちご》は、気心知れた入居者たちと慎《つつ》ましやかな日々を送っていた。そこに、芥《あくた》と名乗る小説家の男が引っ越してくる。彼は幼いころに生き別れた弟のようだが、なぜか正体を明かさない。真っ直ぐで言葉を飾らない芥と時を過ごすうち、周囲の人々の秘密と思わぬ一面が露《あら》わになっていく。愛は毒か、それとも救いか。本屋大賞受賞作家が紡ぐ家族の物語。